メディアワークス文庫

転生厨師の彩食記
上
異世界おそうざい食堂へようこそ！

桂 真琴

目　次

序章　ある主婦の日常

織田川香織《おだがわかおり》の朝は、家族からの責めたてで始まる。

「ねえママ！　この前話した『おどうぐサマ』の消しゴム、まだ買ってきてくれてないの？」

「あ、あー、あれね。ごめん結衣《ゆい》、ママ探したんだけど、スーパーにも文房具屋にもなくて」

「もうっ、あれＭｏｆｔにしか売ってないって言ったじゃん！」

「そうだったっけ、ごめん」

むくれる娘にスープを渡していると、ものすごい勢いで智樹《ともき》がキッチンに入ってきて怒鳴った。少し前に身長を追い越されているので、息子に上から睨《にら》まれる。

「体育着がねえんだけど！」

「あ、ごめんね、昨日洗って乾いたやつ、智樹の机の上に置いたけど」

「はあ?!　朝練あるって言っただろうっ、んでんな所に置いてんだよクソがっ」

反抗期真っただ中の息子が口汚いのは仕方がないので、聞き流すしかない。溜息《ためいき》をついて夫の弁当を包み、朝食用に作ったサンドイッチを家族の皿に分けていると夫が不機嫌オーラ全開で食卓に座った。卵のサンドイッチをかじりながら、じろりと香織を睨む。

「おい、ワイシャツにアイロンがかかってないぞ。今日は会議でジャケット脱ぐかもしれないから、皺《しわ》があると困るんだ」

「あ……そのワイシャツ形状記憶だし、そんなに皺になってないと思うんだけど」

「言い訳するなよ。家にいるだけなんだからアイロンぐらいかけられるだろう。前はやっていたことをやらないなんて、明らかに手抜きじゃないか」

「家にいるだけって……私、最近パートに出てるでしょ、だから前より時間が無くて」

「近所の雑貨屋でアルバイトしているだけなのに何が忙しいんだ」

　夫が吐き捨てるように言った。

　頭のどこかで、かすかに何かが小さく弾《はじ》ける音がする。いやいやだめだめ、ここで言い返したらダメ。朝はみんなイライラしているんだから、言い返しても家族みんなが嫌な気持ちになるだけ。

　私が我慢してこの場がまるく収まるなら、それでいい。

「……ごめんなさい」

　香織はやっとそれだけを言った。夫は舌打ちをしてジャケットとカバンを持ち、ひったくるように香織が作った弁当をカバンに入れるとリビングを出ていった。

　その後ろ姿を見て、やはり皺は気にならないのでは、と思ってしまう。動いていればシャツには筋が寄るものだし、だいたいそんなにしげしげと他人のワイシャツなど見ていない。自分が会社勤めしていた頃を思い出しても、男性社員のワイシャツの皺なんて気にしていなかった。

そんなことを言えば、夫は激怒するに決まっている。

だから香織はすべて諦めて飲みこむ。いつの間にか誰もいなくなった食卓で、家族が残した朝食の残り物と一緒に、すっかり冷めたコーヒーで流しこむ。

◇

パート先に向かって自転車をこぎながら、自分の一日について考える。

朝、夫の弁当と朝食を作りながら洗濯機を回し、家族に朝食を出しながら夜干しした洗濯物を片付けて新たな洗濯物を干し、部屋やお風呂の掃除や片付けをして、9時からのパートに出かける。

14時にパートが終わって、スーパーで夕飯の買い物をして帰宅すると娘が帰っている。干してある洗濯物を急いで取り込み、娘にオヤツを出し、学校の宿題や習い事の支度を確認して送り出す。夕飯の準備をしながら娘の持ち帰ったプリント類に目を通したり洗濯物を片付けたりしていると息子が部活を終えて帰ってくる。

最近、塾に行き始めた息子に急いでご飯を食べさせ、塾へ送りだした後、習い事に行った娘を迎えに行って帰宅する。すると夫が帰ってきて、娘と夫がお風呂に入り、夕飯を食べる。お年頃になってきた娘は夫と一緒にはお風呂に入らないので、二人別々に食べる上に夫は晩酌するので夕飯が長い。その間にヒマを見つけて自分もお風呂に入り、上がってくると、すべて出しっぱなしの食卓を見てウンザリしながら片付けをしつつ洗濯機を回しているうちに息子が帰ってきて、もう一度軽い夕飯を食べる。その間に次の日の弁当の準備をしながら息子が食べ終わるのを待ち、その後キッチンを片付けて、洗濯物を干す。

気が付くと、11時になっている。

朝は5時に起きるため、その頃にはもうクタクタで布団に倒れ込む状態だ。

いったいいつ、アイロンをかければいいのか見当もつかない。

家にいるだけ、と言うのなら、あなたも一度主婦をやってみればいい。

そしていつアイロンがけをすればいいのか、教えてほしい。

――などとは口が裂けても言えない。

なんだかんだと言っても、大手電機メーカーに勤めている夫が稼いできてくれるからこそ成り立っている生活だし、自分のパート代が子どもたちの塾や習い事代くらいにしかなっていないことはわかっている。

でもあんなふうに言われると、悲しいし、悔しい。

私だってせいいっぱい頑張っているんだ、と叫びたくなる。

朝早くから弁当を作り、家事をこなし、家族にがみがみ言われ、残り物の朝食を食べてこうしてパートに向かう。帰宅しても休む暇などありはしない。当然、自分の好きなことをする時間も皆無だ。

それなのに、家族から褒めてもらったり感謝されたりすることは一切ない。

言われるのは、それぞれの雑用と文句だけ。

こんな生活がいつまで続くのかな——と暗い気持ちでふと駅前の時計を見れば遅刻ぎりぎりになっていて、香織はあわててペダルを懸命にこいだ。

◇

「織田川さん、この品出しもお願いしますねー」

西田《にしだ》がタブレットの画面を香織に差し出して見せた。

西田はこの店舗の店長だ。まだ30歳に届いていないと聞いている。黒髪のポニーテールが清潔な印象を与える美人だ。

端整な顔で厳しいことをはっきり言うので、男性社員やアルバイトから恐れられているらしい。香織も、西田に話しかけられると未《いま》だに緊張してしまう。

「これ。織田川さんの店員用スマホでもこの画面見れると思うんで。これ見てやってくれれば大丈夫なんで」

「はい、わかりました」

と返事はしたものの、慣れないスマホの操作と小さな画面に四苦八苦する。

駅前の大型チェーン雑貨店でパートを始めて三か月。今の若い子のスキルの高さには驚かされるばかりだ。

パソコンの操作が速いのは当たり前。今は何からなにまでタブレットやスマホで管理されているようで、その操作も速いし無駄がない。読み込みも速い。

(私が会社員だった頃のことなんて、もう化石みたいなものだわ)

十年以上も前の知識やスキルなんて、今はほとんど役に立たない。

自分が結婚して家庭に入って子育てをしている間に、時代はなんと変わったことか。

そんなことを考えながらマニュアルを確認しつつ店員用スマホで作業していたら、あっという間に昼近くになってしまった。

「織田川さん、品出し終わりましたー?」

「あ、すみません。まだ途中です」

「はーい、わかりました。じゃ、それ森田《もりた》さんに引き継ぐんで、休憩行ってくださーい」

「え、でも」

「15分は休憩出てもらわないと。規定なんで。行ってくださーい」

あっさり言われ、香織は11時出勤の森田に残りの作業を引き継ぎ、自分の移動用バッグを持って店舗の裏方へ引っこんだ。

15分の休憩を取らなくてはならない、というのもまだ慣れない。休むならもっと時間が欲しいし、15分しか休めないなら休まない方が楽な気もする。

更衣室までは遠いので、いつも店舗裏の事務所の隣、事務用品の置いてある小部屋で水筒のお茶を飲み、作ってきたおにぎりを食べる。これがお昼だ。

おにぎりを食べていると、壁越しに隣の事務所から声が聞こえた。

「おはようございまーす」

この野太い声は本社営業マンの岩本《いわもと》だ。こうやって本社からちょくちょく人が来て店の様子をチェックしていくのは大型チェーン店らしい。

「あー、どうも、岩本さん」

「西田、久しぶりだな。元気にしてるか」

「岩本さんのしごきが無くなって気がゆるみまくって三キロ太りましたよ」

どうやら二人は以前からの知り合いで、仲もいい先輩後輩らしい。

「ここの店どう？　立ち上がって三か月だけど」

そう。この店は三か月前、駅前に新しく出店した。そのオープニングスタッフとして香織はパートの募集に応募したのだ。

　西田が大げさに溜息をつくのが、薄い壁越しに聞こえた。

「どうもこうも。パートが使えなさすぎて。ちゃんと面接したんですか？　人事に文句言いたいくらいです。あたしも面接参加したかったです」

「あ、そうか。西田は異動でこっちきたんだもんな。だからタイミング的に面接できなかったのか」

「そうですよ。店長なのに面接できなかったんですよ。パートでももうちょっと使える人材いるでしょうに。今日入ってるオバサンもやたら作業が遅いし」

　今日入ってるオバサン。

　9時出勤はパートでは香織ともう一人、大学生の男の子なので、それはどう考えても香織のことだろう。

　全身が痺《しび》れるような感覚に襲われた。水筒を持つ手が震える。

「まあそう言うなよ。うちの会社は家庭用雑貨を扱っているから主婦パートさんの力は大きいんだ。主婦パートから社員になっていく人もいるし。最初はみんな、慣れるまで時間がかかるもんさ」

「時間かかりすぎです。主婦なんて、家でゴロゴロしてテレビ見て三食昼寝付きの生活してるから半分ボケてるんですよ。どうせパートだってお小遣い稼ぎなんだから、早く辞めればいいのに」

「おいおい、それは言い過ぎだろう、西田」

「即戦力が欲しいって言ってるだけです。ここは忙しい店舗ですから」

岩本がまあなあ、と大きく息を吐く。

「今はこんな世の中だから、家庭の主婦だって大変なんだ。西田も結婚したらわかるさ」

「わかりませんよ、あたし、結婚しても仕事辞めませんし。あ、岩本さん、これ、この前、学生のバイトの子が帰省土産って持ってきてくれたんで、食べていってください」

二人の話はそこからお土産とアルバイト学生の話になっていった。

スマホの時計を見ると、規定の15分になろうとしていた。香織はあわてて立ち上がり、見つからないようにこっそり事務所の前を通過し、店へ戻った。

まだ手が震えていた。

——作業が遅いし。

——家でゴロゴロしてテレビ見て三食昼寝付きの生活してるから半分ボケてるんですよ。どうせパートだってお小遣い稼ぎなんだから、早く辞めればいいのに。

西田の言葉が針のように胸に突き刺さって、抜けない。

◇

香織はやることが遅い。

でもそれは、主婦だからではない。昔からそういう性格だった。おっとりしているとか慎重とか言ってくれる人もいるが、悪く言えば「遅い」のだ。

パート代はすべて子どもたちの塾や習い事の月謝に消えていく。この御時世、夫の給料はあまり上がらないのに子どもの教育費は智樹が中学生、結衣が高学年になる頃には爆発的に増えた。貯金を切りくずすのにも限界があり、パートに出ることにしたのだ。

自分で使えるお金などあるわけがない。

パートが無い日に、いや、パートを始める前にずっと家にいたときでさえ、昼間にテレビを見たことなどない。子どもがもう少し小さかった頃はテレビの前にのんびり座っている時間やパートに出ている時間などなかったのだ。ひたすら家事と子どもの習い事の送迎や世話で手一杯だった。もちろん昼間にゴロゴロする時間も無い。

あれからすぐに売り場に出て、西田の指示通りに動いた。

西田の指示はすべて、いわゆる雑用だった。

香織の数倍も早い速度で商品管理のスマホを扱う学生アルバイトの子が、品出しで出したダンボールの片付け。ディスプレイを作る西田が使うマネキンやハンガーなどの小道具を裏から集めたり片付けたりしているうちに、パートの時間は過ぎた。

その間、ずっと手の震えは治まらなかった。

震えるままの手で着替え、薄暗い店舗裏駐輪場から自転車を出すと、どんよりと空が曇っていた。夕飯の買い出しを早く済まさなくては雨が降るかもしれない。雨が降ったらせっかく乾いた洗濯物が全滅だ。おそらく、結衣は洗濯物を入れてはくれないだろう。香織は焦ってペダルを踏んだ。

いつもなら自転車をこぎ出せば頭は日常モードに切り替わるのだが、今日は西田の言葉がいつまでも胸に刺さって抜けない。手も震えたままだ。

わかっている。西田は若いし、違う時代を生きている違う世代の人間だし、隣の芝生は緑だし、他人がどう思ってどう生活しているかなど本当のところは誰にもわかりはしない。ＳＮＳでのぞける他人の生活は作り物だ。見せたい部分だけを見せたいように他人に見せているに過ぎない。

若い子にちょっと言われたからってなんだ。気にする必要ない。

頭ではわかっている。

わかっていても、あれからずっと震えが止まらない。

それはきっと、わかってしまったからだ。

私には何の価値もない。

誰にも、家族からすら必要とされない存在なんだ、と。

毎日クタクタになるまで家事をして働いても、自分の存在価値を認めてくれる人などいない。家族に責められ、他人にも価値の無いように言われ、それでは自分は何のためにこんなにボロボロになるまで頑張っているのだろう。

何のために。

目の前に信号があることに気付き、あわてて自転車のブレーキをかける。

しかし震える手はうまくブレーキを握れず、急には停《と》まりきれなかった。

「あっ」

横から轟音《ごうおん》とクラクションの音が響く。

トラックって間近に見るとこんなに大きいんだなあ、というのが織田川香織の最後の思考だった。

第一章　転生

第一話　生きてた、と思ったら転生してた。

なにか騒々しい。

智樹《ともき》と結衣《ゆい》がケンカでもしているのだろうか。

そういえば、夕飯の支度をまだしていない気がする。今夜は冷蔵庫の残り物をかき集めて豚汁を作って、それから――

それから？

「！」

香織《かおり》はそこではっきりと目が覚めた。そして思い出した。パートの帰りに、夕飯の献立を考えながら、社員に言われた陰口のことをモンモンと考えて自転車をこいでいて、そして……トラックに轢《ひ》かれたはず。

首を動かすと、周囲にたくさんの人が集まっていることに気が付く。

（え、ウソ、わたし生きてるの……？）

あんな大型トラックに轢かれて無事なはずない、と思い、しかし自分をのぞきこむ人々が華流ドラマのような格好をしていることに頭が混乱しかけたとき、白髪の老人がぐい、と視界に現れ、香織の顔や頭や瞼《まぶた》を押し上げたり押さえたりし始めた。

「い、痛いっ」

自分で自分の声にびっくりする。なにこのかわいらしい声。

「おう、声も出るのう。むうう、奇跡じゃのう。あの荷馬車に轢かれてかすり傷だけとは、よほど運がいいらしい。おーい、小英《しょうえい》、鞄《かばん》」

「はい老師《せんせい》」

小学校高学年か中学生くらいの男の子——しかしやはり服装は華流ドラマみたい——が人垣をかきわけて老人に口の開いた鞄を差し出す。

老人は鞄から出した棒で香織の舌を押さえ、口の中をじろじろと見たあとで集まった人々に向かってさけんだ。

「大丈夫じゃ、生きておるわい。たいした怪我《けが》もしとらん」

おおー、と歓声が上がる。

「ささ、ここは往来の真ん中、みんな散った散った。お、太膽《たいとう》いいところにおったわ、おぬしはこの子をわしの家まで運んでくれんかのう」

「ええっ、華老師《かせんせい》そりゃあないよ」

「蔡家《さいけ》の馬車がこの少女を轢いたんじゃろうが」

「俺っちは蔡家に雇われてるだけで、その娘さんが轢かれたのは俺っちのせいじゃないっしょー」

「まあそう言わずに。夕飯をわしのところで食ってけ」

「はい喜んでっ」

え、え、えー?!

集まった人々も散っていく中、香織は相撲取りみたいな巨漢にお姫様だっこされた。

「あの、わたし重いんで！　一人で歩けます！」

「あっはっは、あんたみたいな棒きれのような娘さん、荷物のうちにも入んないよ。気にしなさんな」

確かにこの相撲取りのような大男なら香織を軽いと言うかもしれない。

しかし香織も立派な中年、肥満ではないが、それなりに肉はついている。

それにいい歳《とし》をして人にお姫様だっこしてもらうだなんて――

「?!」

香織は自分の手を見てびっくりする。

それはずいぶん昔に香織が失った、結婚前の手だ。皺もシミもない、カサカサもしていない、透き通る白魚のような手。

「？　？　？」

顔を触ってみる。手と同じようにツヤツヤしている。

おそるおそる見れば、やはり自分も華流ドラマに出てくるようなピンクの花柄の服を着ている。ずいぶん泥や埃《ほこり》にまみれてくすんでいるが、元はさぞ華やかな衣装だったに違いない。ヒラヒラしたストールのような物まで首から下がっている。

「おぬし、その容姿格好から察するに、北の芭《ば》帝《てぃ》国《こく》から逃れてきたのじゃろう」

と老人に言われたときには香織はすでに気が付き、腹を括《くく》っていた。

（わたし、転生したんだわ）

織《お》田《だ》川《がわ》香《か》織《おり》は確かに死んだのだ。パートの帰りに、トラックに轢かれて。

今いる自分は、香織の記憶を持った別人なのだ。

その証拠に、香織は周囲の人々の会話を理解できるし、街並みの看板やのぼりに書かれた文字も読める。その文字は漢字のようでいて漢字ではないのに。

昔の中国に似た世界なのだろうか。人々の服装や街並み、漢文調の文字などからして、なんとなくそう思う。

そんな風に周囲を観察していると、いつしか民家らしき建物が並ぶ場所に出ていた。

往来で行き交う人々が次々に話しかけてくる。

「おかえりなさい、華老師」

「うむ、ただいま」

「おかえり！　今日は遅かったね。往診が長引いた？」

「まあ、ちと往来で怪我人が出てな」

「薬を後で取りに行きたいんだけど、いいかね」

「もちろんじゃよ。準備しておこう」

一つ一つに丁寧に答えて、あの老人はとある古びた門へ入っていった。

香織を抱えた大男も、つっかえないように頭をかがめて門をくぐる。

広い庭には、数本の植栽。あまり手入れはされていないようだが、嫌な感じがしない。

それは家屋もそうだった。古いのだが、汚いというのではない。必要なところはきちんと清潔に保たれていて、広さもあってか不思議と落ち着く空間になっている。

(たぶん、あのご老人のお家《うち》なのね)

家というのは主に似ると、どこかで聞いたことがある。それが本当なら、まさにあの老人を表しているような気持ちの良《い》い家だ。

太膽という大男にやっと下ろしてもらえた香織がキョロキョロしていると、奥から老人がすり鉢片手に顔を出した。

「すまぬが、わしはちょいと薬草を煎じてしまうでの。今、小英が着替えを調達してくるから、着替えるといい」

「あ、ありがとうございます……でもわたし、泥だらけで」

「ふぉっふぉっふぉぉ、湯も沸かしておるから使いなさい。どこも大怪我はしとらんから湯に入っても問題なかろう。かすり傷の手当はそれからじゃな」

第二話　鍋が噴いたら

老人の言葉に甘えさせてもらい、サウナと五右衛門風呂《ごえもんぶろ》が合体したようなお風呂場で汚れを落とした。

「サウナに来るのなんて、いつぶりかしら」

香織《かおり》はうっとりと溜息をついた。香織はサウナが好きなのだ。

ここは正確にはサウナとは言わないのかもしれない。五右衛門風呂のような浴槽のすぐ上に小窓があり、そこから漢方薬と柑橘類《かんきつるい》を合わせたような匂いの蒸気がもうもうと入ってきて、浴室内がサウナのように感じられるのだ。

薬効のありそうな蒸気が身も心も解きほぐしてくれる。

外に面した格子窓からほどよく外の風も入ってきて、とても心地よい。

(でも、このお風呂、自動で沸くってわけじゃないものね)

老人もあの少年も忙しそうなのに、見ず知らずの香織のために用意してくれたのかと思うと申し訳ない気持ちでいっぱいだ。

というわけで浴室内やお湯を汚さないように注意して、身体《からだ》の隅々まで汚れを落として脱衣所に出ると、着替えが置いてあった。

薄紅色のチュニックのような上衣にざっくりとしたパンツ。おそらく古着だが清潔にしてあり、柔軟剤を入れずに洗濯したような、懐かしいゴワゴワ感がある。

(わたし、ほんとうに転生したんだ。まったくの別人に生まれ変わってる)

風呂に入っているときも着替えているときも、滑らかな白い肌や細いウエスト、そのわりに大き目な胸などが目に入って、自分の身体なのに他人の裸をのぞいているような恥ずかしい気持ちになる。

(どこかのお姫様なのかしら)

後で洗濯しようと脱衣所の隅に置いた衣装は、華流ドラマで後宮の妃嬪《ひひん》が身に付けるような衣装だ。汚れてはいるが濃いピンク色は華やかで、光沢ある生地はおそらく絹だし、アイテムすべてが一級品だと思われる。だてに主婦をやってきたわけじゃない。物を見る目はあるつもりだ。

(芭帝国《ばていこく》、って言ってたな)

転生したこの少女の事情はまったくわからないが、自分がどうやら43歳よりずいぶん若くなってしまったことは風呂に入ってよくわかった。

◇

「本当にありがとうございました」

中華風の椅子と円卓の上で、香織は老人と少年と巨漢を前に頭を下げた。

「いやなんの。わしは華元化《かげんか》といって、町の医師だからのう。道で人が倒れておれば助けるのは仕事のうちじゃ。気にしなくてよい」

「おれは小英《しょうえい》だよ。華元化老師の助手をしてるんだ。急病人とか怪我人の介抱は勉強になるから、気にすんなよ」

なんという親切な人たちだろう。

最近、人の優しさに触れていなかった香織は、感激して胸がしめつけられて、あっという間に目が潤んできた。

「助けていただいた上に、こんなに親切にしていただいて……」

涙を隠すためにうつむくと、老医師と少年は顔を見合わせる。

「礼儀も言葉も町娘や村娘とは思えんのう。やはりこりゃあ、もしかしてもしかすると、かもしれんな」

「そうですね、老師」

ささやき合う二人の間に、にゅう、と大きな顔が割って入った。

「何の話ですか老師《せんせい》、小英？　約束の夕飯はまだっすか？」

巨漢は可哀《かわい》そうなくらい眉を八の字にして腹をさすっている。お腹《なか》が空《す》いているのだろう。

「もう、ちょっと待っててくれよ太膽《たいとう》さん。いい大人なんだから。今作ってるところだよ」

そう言われると、どこからかいい匂いがしてくる。見れば、出入口付近の土間では竈《かまど》のようなところに火が入っている。そこに大きな鍋が置いてあって、ぐつぐつと煮えているようだ。

「あっ、噴きこぼれる！」

主婦の条件反射だ。気が付くと土間に下り、鍋の蓋を開け、火加減を見ていた。

幸い、前世でキャンプに行ったとき、こういう竈のような場所で火を熾《おこ》したことがある。夫は釣りに夢中で頼れず、子どもたちも遊んでいたため、煮炊きはすべて香織が一人でやった。キャンプにはその後も数回行って、その度に香織だけが煮炊きをする状況だったので、すっかりやり方や火加減の方法を覚えたのだ。

手早く火を調整してから鍋を改めてのぞく。煮込み料理のようだ。

「あんた、手早いね。すごいや」

小英は目を輝かせて感心している。子どもたちにはこんなふうに言われたことはないので、くすぐったくもうれしい。

「い、いえ、そんな……あの、何を作っているんですか？」

「今日は豚肉が手に入ったから、日持ちがするようにチャーシューにしているんだ」

確かに、タコ糸のようなもので肉がぐるぐると縛ってある。

（ていうか、この世界でも豚肉とかチャーシューとかあるのね。前世と食糧事情はあまり変わらないのかしら？）

よかった、と胸をなでおろすと同時に、なんだか漂う匂いが獣臭いことに気付く。

鍋の中をもう一度よくのぞくと、茶色い煮汁の中には肉しか入っていない。

「あの、すみません。生姜《しょうが》と、ニンニクと、ネギはありますか？」

通じるかどうか、ダメ元で言ってみる。すると少年が首を傾《かし》げた。

「ニンニクはないけど、ネギと生姜と玉ねぎなら。でもどうするんだい？」

「臭み消しですよ。包丁をお借りできますか？」

少年が土間の隅の食材が積んであるところからネギと生姜と玉ねぎらしきものを持ってきた。香織はネギの青い部分を切って集め、生姜は洗い場にあった水でよく洗って薄切りにし、それをそっと鍋の中へちりばめていく。

少し経《た》つとネギと生姜の爽やかな香りが立ってきて、獣臭さが和らいできた。

「こうすると、豚肉の臭さが減るんです」

「へえ、ほんとうだ！　なんだかもっとうまそうな匂いになってきた」

(可愛《かわい》いなあ、智樹も視線の高さがこれくらいだった頃もあったなあ)

うれしそうに見上げてくる小英が可愛くて、香織もうれしくなった。

「そうだ、せっかく玉ねぎを出してきてくれたから、チャーシューと一緒に食べるお惣《そう》菜《ざい》を作りましょうか」

第三話　玉ねぎのおひたし

小英《しょうえい》が困ったように眉を寄せる。

「お惣菜って言っても、玉ねぎしかないよ？　今日は昼間は往診だったたし、その……バタバタして市場にも寄ってないから」

バタバタして、の内容が、香織《かおり》を助けるためだったというのは明らかだ。

ならばよけいに何か作らせてもらわなくては申し訳なさすぎる。

「だいじょうぶですよ。もしよかったら、ついでにお夕飯の支度もするので、小英さんもあちらでお待ちください」

香織がにっこりすると、小英は顔を真っ赤にして「小英でいいよ……まぁあんたがそういうなら……」とごにょごにょ言いながら台所の使い方を教えてくれた。

驚いたことに、道具や調味料はほぼ前世と同じだった。

華流ドラマのような世界だから中華の食事なのかと思いきや、かつお節《ぶし》や出汁《だし》昆布などの和風の食材もある。かと思えばやはり中華なのか八角や花椒《ホアジャオ》のようなスパイスもある。

見たことも聞いたこともない調味料もいくつかあったが、今使うのは醤油《しょうゆ》と酢とかつお節だけだ。

水道の蛇口やシンクはないけれど、土間の隅の広い洗い場には小型のポンプのような物があって、押すと飲める水が出てくる。中国の水道水は飲めないと聞いたことがあるが、ここでは上下水道は整っているのだろう。

やはりここは中国ではない中華風の世界で、日本とあまり食文化が変わらない世界らしい。

庶民の家らしいこの台所にも醤油、味噌《みそ》、塩、砂糖、酢、と前世の一般家庭に普通にある調味料が揃《そろ》っている。そこに八角や花椒や謎のスパイス類まで揃っているのだからたいしたものだ。

（よかった……水と食べ物が普段と似ている環境なら、なんとかやっていけそう）

そんなことを考えながら香織は違う鍋にその水を汲《く》むと、チャーシューの鍋を一度下ろして鍋を火にかけた。

湯が沸くまでの間に、玉ねぎを三つ、半月切りにざくざくと切っていく。

そして、大きめの器に醤油と、その半量の酢、かつお節を入れる。

かつお節はもちろんたくさん入れた方が美味《おい》しいのだが、貴重なのか、とても大事そうにしまってあったので、ほんのちょっと出汁が感じられる程度に入れる。

湯が沸いてきて、鍋がぐらぐらと大きな泡を吹いた頃合いを見て、切った玉ねぎを全て投入。

その間に、手早く器の用意をしようと思う。

(どうしよう、小英くんに聞きたいけど……)

居間では三人が談笑している。太膽《たいとう》がなかなかのお茶目気質らしく、老師と小英で太膽をいじっている感じだ。

台所のことは台所の主《あるじ》に聞いたほうがよい、というのは香織の経験論だ。

しかし、じゃまをするのも気が引ける。

少し悩んで、香織は見当がつくところだけ探すことに決めた。それで器が見つからなければ小英に聞こう。

竈の位置や洗い場の位置から、だいたいここかな、と思う場所にあった箱を開けると、やはりそこには器が入っていた。

欠けたり、ひびの入った物も多いが、きちんと洗ってきちんと拭いて収納されており、大切に使っていることがうかがわれる。

他人の台所でもなんとか見当を付けて使えるあたり、自分は十五年も主婦をやってきたんだものね、としみじみ実感する。結婚したてのときは、夫の実家に泊まりに行くと、勝手の違う台所に立つことで疲れてしまって、帰ってからぐったりしていたっけ。

そんなことを頭の片隅で思い出しつつ、適当な大きさの器を四つ並べておき、玉ねぎを鍋から上げる。

ザルはさすがにステンレスではなく竹を編んだような物だが、それがどこかノスタルジックでおしゃれな感じがする。

気分よくザルで玉ねぎの水気を切ると、調味料を合わせておいた器に入れて手早く絡め、なじませるために置いておく。

その間に小英が作ったチャーシューを切って別のお皿に盛りつけ、おそらく朝か昼の残り物であろう、まな板の隅に置いてあった青菜を添える。お櫃《ひつ》のような物に入っていたご飯を太謄、小英、華《か》老師、自分、の順で量を少なくしてよそいきった。

最後に器に浸った玉ねぎを少しつまんで味を見て、頷《うなず》いた。

「うん、いつも通りの味。異世界でもできてよかった、玉ねぎのおひたし」

材料は醤油と酢とかつお節と玉ねぎだけ。さっと茹《ゆ》でることで玉ねぎの甘味がぐっと出てきて、調味料はシンプルなのに後を引く美味しさと何にでも使える万能常備菜。

もう一品欲しいとき、玉ねぎが安かったときに香織がよく作るお惣菜だ。たくさん作って冷蔵庫にストックしておいて、サラダに混ぜたり冷奴《ひややっこ》にのせたりして食べる。だいたい三日で食べきる。

できたてはまだ温かく、玉ねぎの甘味が感じられて、肉料理に合う。小さな器にたっぷりよそって、残りはとりあえず置いておく。ラップはもちろんないだろうから、後で保存の仕方を聞こう。

ここまでしていいのか、とも思ったが、そこは主婦の勘というか、この台所の主はこういうつもりでこれを残しているのだろう、ということがわかったのですべて用意してしまった。

なにせ、お腹を空かせた人が目の前にいる。お腹を空かせた人には早く何か食べさせてあげなくちゃ、と思ってしまうのが香織の性分なのだ。

「お待たせしました」

香織ができたものを運んでいくと、三人とも目を丸くした。

「一人で今の時間に全部、用意してくれたのかい？」

「あ、あの、勝手にやってすみませんでした。もうお夕飯を食べるのかな、と思ったので……」

「いやぜんぜんいいんだよ。びっくりしたんだ、おれが夕飯に出そうと思っていた青菜とかご飯とか出てきたから。よくわかったね」

「手際が良いのう。だが怪我人に全部やらせて申し訳なかったわい」

「いえっ、いいんですそんなこと！　助けていただいたことに比べたら足りないくらいですからっ」

「なあ、食べていい？」

太膽は待ちきれない様子で箸を取り、いただきます、と言いながら香織が作った玉ねぎのおひたしを頬ばった。

「美味《うま》い！！！」

太膽は満足そうにむしゃむしゃと平らげていく。チャーシューを口に入れたら玉ねぎのおひたしを口に入れ、ご飯をかっこみ、あっという間に器は空になった。

「なあ、これ、玉ねぎだけなの？　すごく甘くて美味しい」

小英も箸を動かしながら感心している。

「これが玉ねぎだけの美味さならば、驚きじゃのう」

華老師も箸が止まらないようだ。

（う、うれしい……！）

前世では夫も子どもたちもただ無言で食べるだけで、料理についての感想など誰も言ってくれなかった。それが当たり前だと思っていたけれど。

作ったものを目の前で美味しい美味しいと食べてもらえることが、こんなにうれしいことだなんて……！

主婦歴十五年にして――主婦歴は十五年で幕を閉じたけれども――香織はこれまで味わったことのない、大きな充足感に包まれていた。

第四話　どうやらワケアリ美少女らしい

にこにことご飯を頬張る三人を見ていると、うれしさのあまり、つい饒舌《じょうぜつ》にもなる。

「ふふ、具は玉ねぎだけなんですよ」

「ほう」「ええっ、ほんとうかよ」と華《か》老師、小英《しょうえい》が目を丸くする。

「おひたしなんです。玉ねぎを茹でて、醬油《しょうゆ》と酢とかつお節を混ぜた調味液に浸したものです。あっ、すみません、かつお節を少し、使ってしまいました……」

貴重であろうかつお節を勝手に使ったことを謝ると、華老師がふぉっふぉっふぉと笑った。

「米にちびーっと、申しわけ程度にかけても物足りなさが倍増するだけじゃ。こちらの方がかつお節の旨味《うまみ》が広がって得した気分になるわい。小英、見習うといいぞ」

「ちぇ、老師《せんせい》こそこの姉ちゃんに料理を教えてもらったらどうです。ぜんぜん家事ができないんだから」

ぶつぶつ文句を言いつつ、小英は香織《かおり》をちら、と見た。

「そう言えば、その……姉ちゃん、あんた、名前なんていうんだ？」

なぜか小英は顔が赤い。

「ふぉっふぉっふぉ、娘さん、小英はウブな少年なのでな、そなたのような綺麗《きれい》な娘を間近に見て緊張しておるんじゃよ」

「ばっ、なっ、なに言ってんだよ老師！」

ますます赤くなる小英を見て、さっきも台所で小英が顔を赤らめていたことに香織は合点《がてん》がいった。

(そうか、わたし、若い子に転生したんだった)

お風呂で身体を見たところ、きっと15、6歳だろう。

小英はたぶん13歳前後だろうから、綺麗なお姉さんを見ればドキドキするお年頃かもしれない。

中身はオバサン、容姿は美少女。

（これからは中身と容姿のギャップに気を付けないと）

自分に言い聞かせて香織は小英に優しく微笑《ほほえ》んだ。

「わたし、香織って言います」

「かお……何だって？」

「変わった音じゃのう。芭帝国《ばていこく》とは文字は共通じゃが読みが多少違う場合があるでの。どういう字を書くのかな？」

香織は床板に大きめに字を書いてみせる。香織、と書いたつもりの字は、似ているけれども細部の異なる字になって現れた。おそらく、この世界の文字なのだろう。特に意識せずとも言葉がしゃべれているように、文字も自然と変換されるようだ。

「香に織、か。こうしょく、じゃな」

「へええ、香織《こうしょく》か」

香織と書いて「こうしょく」。確かに音読みだとそうなる。文字も似ているが読みも似ているようだ。

（今日からわたしは『かおり』じゃなく『こうしょく』なのね）

字は同じでも読み方が違うだけで別人になったような気がする。実際、別人なのだが。

小英と二人で器を片付けていると、太膽《たいとう》が土間に降りてきた。

「香織さん。ごちそうさま。こんな美味しいメシを御馳走《ごちそう》になって俺っちは今日はツイてたなあ」

太膽がよっこらしょと立ち上がった。

「じゃあ、俺っちは蔡家《さいけ》へ帰るんで」

「うむ、蔡家には、怪我人は無事だったから心配ないと伝えておくれ」

「あいよ。じゃあごちそうさまでした」

太膽はぺこりと会釈すると、荷物を担いで帰っていった。

気付けばもう外は日が暮れている。いったい、今は何時なのだろう。

そんな香織の思考を読んだように華老師が言った。

「うむ、もう日が暮れるのう。香織よ、大事ではなかったがそなたは一応怪我人でもあるし、しばらくここにいるとよい」

「え……」

「わしはこの通り小英と二人暮らしだし、この家はオンボロだが部屋は余っているんでのう」

「そうだ！　そうしなよ！」

うれしそうに目を輝かせる小英が可愛くて、香織はつい笑って頷いてしまった。

「はい……では、お世話になります」

◇

小英がお風呂へ行っている間に、香織は華老師から部屋に案内された。

「いくつか部屋があるんじゃが、そなたは若い娘さんだからのう」

と華老師に通された部屋は、奥の角部屋だった。

「ずっと使っていないんで、ちょいと片付けを手伝ってくれるかの」

「はいっ、もちろんです！」

十畳ほどの部屋に、小さいが天蓋の付いた寝台と椅子、小さな机、チェストらしき棚がある。全体的に濃い茶色の部屋は、いつか旅行会社の広告で見た瀟洒《しょうしゃ》なバリ島のホテルを思い出させた。そういえば、この世界は気候が温暖なのか、人々は総じて薄着な気がする。

（自分専用の部屋なんて、生まれて初めて……って生まれ変わってるけど）

前世、実家ではマンション暮らしで妹と同じ部屋だったし、結婚してからはもちろん自分専用の部屋などなかった。

（古いけど家具も素敵だし……ほんとうに幸せ……）

作ったお惣菜を美味しい美味しいと食べてもらえた上に、こんなに広い部屋まで貸してもらって、香織はこわいくらいの幸福感に包まれながらせっせと部屋を片付ける。

この家は華老師の言う通り確かに古いが、広さはかなりなものだ。

上から見ればロの字型になった家は、正面が玄関、土間、居間になっていて、左側にお風呂と居室、右側には薬を作る部屋、診察ができる部屋、奥に居室が並ぶ。囲まれた中のスペースは中庭になっていて、大きな木や植栽があり、洗濯物を干すこともできるようだ。

(いろんなところをちゃんと手入れしたら、かなり素敵なお屋敷《やしき》になるんじゃないかしら)

などと考えながら、香織がガタついた窓を開けたり布団を運んだりしていると、部屋の片付けを手伝っていた華老師が何気なく言った。

「そなた、ここへ来るまでのことを覚えておるのか?」

香織は手拭《てぬぐい》を華老師から受け取りつつ、かぶりを振る。

(何も覚えてないし、思い出せない……この少女の記憶は何も)

前世の、織田川《おだがわ》香織《かおり》としての記憶は死ぬ直前までハッキリとある。

けれど、この少女の記憶がまったくない。どこの誰で、どうして馬車に轢かれることになったのかもまったくわからない。

「すみません……何も、思い出せなくて」

「いや、様子からして記憶が無いだろうと見当はついておった。そなたが謝ることではない」

華老師は傍《かたわ》らの椅子のガタつきを調べつつ座った。

「着ていた衣装から察するに、そなたは芭帝国の娘じゃろう」

「芭帝国……」

さっきも会話の中に出てきた。

「この呉陽国《ごようこく》の北にある大きな国じゃが、このところ内乱が起きているらしくてのう。戦《いくさ》で家を追われた人々が、呉陽国にもちょくちょく流れてきておる」

「そうなんですか……」

「そなたも戦で追われたのだと思うが、ちと他の人々と事情が異なるかもしれぬ。そなたはおそらく……芭帝国王城の後宮にいた娘じゃろう」

「そうなんで……って、ええ?!」

後宮？　私が?!

「着ている衣装が貴族か妃嬪が着るような上等な物じゃった」

たしかに……。

「何より、首の後ろに印があった」

首の後ろ？

思わず手をやる。

手触りは何もない。

お風呂のときにはわからなかった。というか自分では見えない。

「ああ、心配せんでも、すぐ見えるところにはありゃせん。首の根元というか、背中に近い場所じゃ。衣を着ておればまず見えん」

「そうですか……」

見えないとなると、よけいに気になる。

「印とは、どのようなものですか？」

「小さな赤い星の刺青《いれずみ》じゃ。この呉陽国もそうじゃが、後宮に入り、ある程度の位が与えられた妃嬪には証《あかし》に刺青を入れるという。赤い星は、芭帝国の象徴。ゆえにそなたはおそらく、芭帝国の後宮にいたのじゃろうな」

「そんな……」

「このことは、ひとまずそなたとわしの秘密にしておこうかのう。小英はそなたが貴族の娘か何かだと思うておるが、そのままそう思わせておけばよい」

「あ、あの……わたしが後宮から来た者だと知れたら、小英にも華老師にもご迷惑がかかるのではないでしょうか」

後宮の妃嬪は一度後宮に入れば一生そこで過ごすという。それなのに、戦とはいえ後宮の外に出てきているのだ。しかも隣国に逃げてきている。

(この美少女が何か厄介な事情を抱えていることは明白だわ)

だとしたら、自分がこのままここにいては二人に害が及ぶことは間違いない。

それは申し訳なさすぎる。

助けてもらった恩を仇《あだ》で返すようなものだ。

「わたし、明日の朝にでもここを出てい――」

「まあ、しばらくはここにいるがよいて」

華老師が香織の言葉を遮った。

「そなたは他ならぬわしと出会った。これも何かの縁や運かもしれぬ」

「で、でも」

「大丈夫じゃ。こんな古ぼけた町医者の家に隣国の妃嬪がいるとは誰も思わんじゃろうて」

華老師は笑うが、香織はまだ納得できない。

「わたし……申し訳ないです」

見返りを期待しない優しい手を差し伸べてもらって。

作ったお惣菜を目の前で美味しいと言ってもらえて。

幸せすぎて浮かれてしまったが、こんな善良な人たちに自分のせいで迷惑をかけるわけにはいかない。

そんな香織の思考を読んだように、華老師は節くれだった手でがっちりと香織の手を握った。

「申し訳なく思うならしばらくここにいて、家事を手伝ってくれんかのう。その方が、小英も医者としての修行に集中できるからの」

「で、でも」

「そうじゃなあ、あの玉ねぎのおひたしをまた作っておくれ。小英があんなにうれしそうな顔をするのは初めてのことなのでな」

では頼んだぞ、と華老師は部屋を出ていった。

(なんて、なんていい人たちなんだろう……)

鼻の奥がツンとする。すぐに視界がぼやけて、ぐしぐしと袖で目元を拭った。

優しい人というのは本当に存在するんだ。

その優しさが、自分に向けられることもあるんだ。

それだけで生きててよかった……というか転生してよかった、と思える。

死ぬ直前、パートの帰りに香織を覆っていた暗い思考が、華老師や小英の優しさのおかげで霧散した気がする。

「……よし。決めたわ」

華老師の家に居候して、ここで美味しいお惣菜をたくさん作ろう!

第五話　粉《こ》ふきイモは食堂の始まり

三日過ごして、華《か》老師の家のことがだいたいわかった。

まず、華老師は近所でとてもありがたがられている。

ここは呉陽国《ごようこく》という国の王都、建安《けんあん》。その広い王都の片隅にある、庶民の暮らすエリア。

言ってみれば下町だ。

下町といえば時代小説の江戸を思い浮かべる香織《こうしょく》だが、街並みは一軒一軒の敷地《しきち》が広くスペースに余裕もあり、時代小説に出てくる江戸の下町とはだいぶ違う。

しかし、そこで暮らす人々がお互いに助け合い、人情に厚いところは、江戸の下町の様子を思い起こさせる。

そんなエリアで、華老師は町医者をしているようなのだが。

下町特有の助け合い精神なのか、華老師のポリシーなのか、無料診察が多い。

近所の人々が次から次へと訪れてやれ腰が痛いだの、子どもが転んで怪我しただのと相談していく。その一つ一つに華老師は丁寧に対応し、ほとんどの場合、代金を取らない。

取るのはわずかな薬代くらいだろうか。

そんなわけで、この辺り一帯では、華老師は神様のように崇《あが》められているらしい。

よって『献上品』が絶えない。

「さっき市場ではねだしのジャガイモがたっくさん手に入ったから、食べてみて！」

「うちの畑で作った初物のきゅうりだよ！ 華老師《せんせい》に食べさせてやってくれよ！」

「これ、うちの中庭で採れたミョウガ。今年はできるのが早くてねえ」

こんな調子で次々と食材が舞いこむので、毎日買い出しに行かずとも華老師の家には何か食材がある状態だ。

（華老師ってほんと親切だものね。みんなに慕われるの、わかるわ。得体の知れないわたしみたいなのも家に置いてくれるし……）

華老師と小英《しようえい》は往診へ出ていた。

小英は両親を事故で亡くした孤児で、縁あって華老師が引き取ったのだという。医師を目指す小英は華老師から医療を学んでいて、往診は実習ができる良い機会なのだが、これまでは家事があったのでなかなか思うように行けずにいたという。

「香織がいてくれるなら、小英もわしも安心して往診ができるわい」と華老師から留守番を頼まれた香織はもちろん二つ返事で引き受けた。

　朝食の片付けをし、軽く家全体のお掃除を済ますと、香織はジャガイモと格闘した。きのうご近所さんが持ってきた大量のジャガイモの皮を黙々とむき続ける。

　さすがにこの世界には冷蔵庫はないようで、ならばジャガイモは芽が生える前にできるだけ食べてしまおう、と思って大量消費に思いついたメニューのために。

　作るのは、粉ふきイモ。

　皮をむき、大き目に切ったジャガイモを、10分くらい水にさらす。

　鍋でたっぷりの水から茹でる。

　ジャガイモに竹串が通るようになったら、茹で水を捨てる。

　そして火加減の調整をしつつ一心不乱に鍋を揺らす。

　鍋のなかでジャガイモが粉を吹いてくる。よしよし、いい感じ。

　手早く半量を別の器によけ、鍋の中に残ったもう半量のイモに塩を振って再び鍋を揺する。

　完全に粉を吹いたら引き上げ、待機させていたもう半量のジャガイモを鍋に戻して合わせ調味料を入れる。甘醬油だ。

　じゅわ、と甘辛い匂いが辺りに広がる。

　鍋を揺することしばし、茶色く粉を吹いた甘醬油味の粉ふきイモが完成した。

「ちょっとお行儀悪いけど」

指でつまんで、味見をする。

白い粉ふきイモは塩味で、ちょっと多めに入れた塩がしっかり効いていて美味しい。

茶色い粉ふきイモは甘醤油味で、みたらし団子に近い甘めの味付けはこれも間違いのない美味しさだ。うん、いい出来だわ。

「ふう、でもやっぱり小鍋が無いと大変ね」

一つしかない鍋は大きく、しかもがっちりとした鉄製の鍋なので重く、揺するのがけっこうな重労働だった。

ふう、ともう一度息を吐いてふと振り向いて――香織はぎょっとした。

おそらく近所の人々であろう老若男女が、いつの間にか戸口に集まって、ひそひそと話しながら香織をじっと見ていた。

「華老師の家から良い匂いがすると思えば、誰だねこの綺麗な娘さんは！」

「華老師のお嫁さん……にしては若すぎるなあ」

「ばか、何言ってんだい。この子はね、蔡家《さいけ》の馬車に轢かれちまって、怪我をした可哀そうな娘さんだよ。親御さんが都合ですぐには迎えに来られないから、しばらく華老師が預かることになったんだって」

近所ではそういうことになっているらしい。

「とってもいい匂いだけど、何を作ってるんだい？」

ふくよかな女の人が香織の手元をのぞいた。おそらく前世の香織と同年代だろう。肝っ玉母ちゃんといった風情だ。

「粉ふきイモです」

「粉ふきイモ？　なんだい、それは」

女性は首を傾げた。この世界には粉ふきイモがないらしい。

「ジャガイモの皮をむいて適当な大きさに切って、茹でて、ジャガイモが柔らかくなったら茹で水を捨てて、あとは水分をとばしながらイモの表面が粉を吹くように仕上げるんです。だから粉ふきイモっていうんです」

「へえええええ！　簡単だねえ」

「ええ、とっても簡単ですけど、美味しいんです」

「白いのと茶色いのがあるけど味が違うのかい」

「はい。白いのが塩味で、茶色いのは甘めの醬油味です」

前世ならバターやマヨネーズやカレー粉を入れた味変《あじへん》もあるが、あいにくこの世界にはそれらの調味料が無い。少なくとも華老師の家には無い。

無いところから美味しい物を作る。これが主婦の信条だ。

基本の塩味、甘醬油味は子どもからお年よりまで好きな味。華老師と小英のためにと思って作った。

「ねえ、ちょっと味見してもいいかい？」

「もちろんです、どうぞ」

小皿にそれぞれ少しだけよそって渡す。肝っ玉母ちゃん風の女性はおそるおそる両方食べてから、ぎょろりとした丸い目をさらに丸くした。

「こりゃあ美味しいねえ！　いくらでも食べれそうだよ！」

その反応を見て「おれも！」「わたしも！」と次々に味見希望が殺到する。

「あ、あの皆さん、よかったらそこの上り口に腰かけてください」

土間の上り口に座った人々に香織は次々に粉ふきイモを渡していった。

「美味い！」

「美味しいわあ」

「口の中でホロっと溶けるね」

「イモが柔らかい！」

ずらりと並んだ人々がうれしそうに顔をほころばせている。

（ああ、やっぱり美味しいって言ってもらえるのって、うれしい……！）

香織の顔も思わずほころぶ。

「あんた、若いのにたいしたもんだ。どこで習ったんだい、こんな美味しい料理。この辺りじゃ見たことも聞いたこともないよ」

「あ……ええと、その、実家が食堂をやっていて。わたし、料理好きなので手伝ってたんです」

我ながら上手《うま》い出まかせだ。料理が好きなのは本当のことではあるが。

「なるほどね。こりゃ相当な料理の腕があると見た。この明梓《めいし》サマが言うんだから間違いない！」

肝っ玉母ちゃん風の女性はふくよかな胸元を叩《たた》いた。

「あんた、名前は？」

「あ、かお……香織《こうしょく》、です」

「ふうん、変わった名前だねえ。まあいい。じゃあ、この土間は今日から香織の食堂だね！」

「食堂?!　わたしが?!」

あまりにもぶっ飛んだことを言われて驚くと、明梓はけろっと笑って言った。

「実家の食堂手伝ってたんだろ？」

「え、ええ、でもわたしなんかが食堂なんて……」

「なに遠慮してんだい。しばらくここにいるんなら、やったらいいじゃないか。この辺りは夫婦で働いてる者ばかりだから、ふらっと立ち寄ったり子どもだけでも気楽に来れる食堂があると正直助かるんだよ」

「そうなんですか……？」

なるほど、前世で言えば『こども食堂』みたいなものだろうか。

それなら気が楽かもしれない。

「で、でも、わたしのような素人が食堂なんて……おこがましいです」

「何がおこがましいもんかね。こんな美味しいもん作っといて！」

そうだそうだ、と声が上がる。並んで土間縁に座るご近所さんたちは、皆口々に美味かった美味かったと言っている。

（こんなにたくさんの人が、わたしの作ったものを美味しいって言ってくれてる……）

香織は、目の奥が熱くなった。

「それに、あんたどう見ても野良仕事には向いてなさそうだし、華老師の手伝いは小英がやりゃあいいんだから。何もしないでいるより、働いた方があんたも気が楽だろう？」

確かに、明梓の言う通りだ。

「それにさ、食堂ならお金取れるじゃないか。こんな美味い料理なら、惜しまずお金を出すさ」

冗談めかして言う明梓に香織はぶるぶる首を振る。

「そ、そんな！　皆さんからお金取るなんてできません！」

「でもタダってわけにわねえ……　じゃあ、小銭と調理してもらいたい食材をここに持ってこよう。みんな、それでいいだろ？」

おおそうだな、いいね、と声が上がる中「それじゃ今とあんまり変わらないんじゃあないか？　みんな診療代の代わりに華老師に食材運んどるだろ」という言葉に「ちがいない」と笑いが起こる。

「じゃあ決まりだね。香織、よろしく頼むよ！」

明梓が香織の肩をばしーんと叩いた。むっちりと分厚い手は力が強いが不思議と痛くない。

(食堂かあ……ずっと憧れてたのよねえ)

前世、小さな喫茶店や軽食屋を開きたいというぼんやりとした夢を持つくらいには料理が好きだった。もちろん、現実の生活を考えれば到底かなうはずもない夢なので、いつしかすっかり忘れていた。

それが転生して「食堂」なんて。

人生何が起こるかわからない。転生してるから人生一度終わってるけど。

などと頭の片隅で思いながら、粉ふきイモで笑顔になった近所の人たちに囲まれて、香織は胸がじーんと温かくなった。

——その胸の温かさが一気に冷えたのは、午前の往診を終えた華老師と小英が持ってきた伝言だ。

「蔡家の当主が、そなたに蔡家まで御足労願えないかと言ってきてな」

第六話 蔡家《さいけ》の青梅と紅唇

建安《けんあん》の都は、東西大通りと南北大通りに貫かれた整然とした大都市。いわゆる碁盤の目のような構造を持つ。

都の北側には壮麗な王城がそびえ、王城を囲むように貴族や高級役人の屋敷がずらりと並ぶエリアがある。

蔡家は、その一角にあった。

「ふわあ……」

香織《こうしょく》は思わずマヌケな声を上げた。

(映画のセットみたい……貴族の屋敷ってこんなに大きいの⁈)

白い高塀に囲まれた広大な屋敷は、回廊で繋《つな》がれた棟がいくつも並ぶ。二階建ての部分もあるようだ。瑠璃色の立派な屋根瓦が陽光を照り返している。

前世の香織の家のリビングくらいはありそうな玄関でもじもじと待っていると、巨大な金色の屛風《びょうぶ》の陰から水色の襦裙姿《じゅくんすがた》の女性が現れて一礼した。

「香織様ですね。こちらへどうぞ」

促されるまま玄関で靴(と言っても下駄《げた》のような物だが)を脱ぐと、無言でスリッパのような物を渡された。革でできていて前世で言えばバブーシュに似ているなと思う。こちらの世界は下駄のような靴が一般庶民の履き物らしい。よって、足はけっこう汚れる。だから家に入るときは足を拭くか洗う。客には、こうしてスリッパのような物を出すのも頷ける。

香織がスリッパを履くのを待って、女性はやはり無言で歩きはじめる。香織はあわててピンと伸びたその背中を追いかけた。

(蔡家の当主が『うちの馬車が怪我をさせたお詫《わ》びを直接したい』と言うてな。まあ、悪い御仁ではないのじゃが……)

華《か》老師の言葉が脳裏をよぎる。

何事にも鷹揚《おうよう》な華老師が少し戸惑っていたのが気になった。

(確かにヘンよね。お詫びをしたいのなら華老師の家に使いを出すとかじゃダメだったのかしら)

などと疑問に思いつつも、相手は異世界の貴族だし、と思い直す。

雲上人の考えることは庶民にはわからない、と香織は前世でいつも思っていた。異世界でもきっとそれは変わらないだろう。

廊下はいつしか外へ出て、回廊となって続いていく。延々と続く回廊の外側には手入れされた木々や美しい菖蒲《しょうぶ》の花、大輪の芍薬《しゃくやく》が見事に植えられている。

見惚《みと》れては先導する女性をあわてて追いかけ、を繰り返していると、途中、少し離れた場所に青い実がたくさん広げられているのが見えた。

「あれってもしかして、梅の実ですか？」

とても立派な青梅だ。紀州梅のような大粒のつやつやとした傷ひとつない青梅。遠目で見てもそれがわかるほどだから、高級品にちがいない。とても気になる。

女性は振り向いて少し眉を上げた。話しかけられたことに驚いたらしい。

「ええ、この時期はどのご家庭でも梅は漬けますでしょう？」

やっぱり！　香織はワクワクして言った。

「こんなに大量だと赤シソも大量に必要ですよね。漬けるのが大変ですけど、楽しみですね！」

梅干しの赤い実を思い出し、唾が出る。ああ梅干しが食べたい！

しかしそんな香織の言葉に女性は怪訝《けげん》そうに眉をひそめた。

「赤シソ？　赤シソなど必要ないでしょう」

「へ？」

「梅ですよ？　糖蜜漬けや梅酒、干梅、烏梅《うばい》にするのに赤シソは使いませんでしょう。ま、庶民のお宅ではいざ知らず、少なくともこの名門の蔡家では使いません。蔡家の梅は、建安近郊にある蔡家の梅林から運ばれた最上級の梅なのですからね」

女性はつい、と前を向いて足早に進んでいく。無駄な時間を取らせるな、とその背中が言っていた。

盛り上がっていた梅干しへの情熱がしゅううう、と一気にしぼんだ。

（もし、お詫びに何か、と言われたら、あの梅を少し分けてくださいって言おうと思ったけど……）

この世界では、どうやら『梅干し』は存在しないらしい。

しかも「庶民」と「蔡家」では違う、蔡家の梅は最高級品だという線引きをされてしまっては、いくらお詫びの代わりにとはいえ分けてくださいとは言いにくい。

肩を落としていると、気が付けば目の前に立派な彫刻の施された大きな扉が見えてきた。大輪の花や蔓《つる》が意匠された扉の前で、香織は立ちすくむ。

昔、子どもたちを連れていった上野の西洋美術館前にそびえていた、ロダン作『地獄の門』。あの重厚かつ不吉な感じを思い起こさせる扉だ。

「雹杏《ひょうあん》です。香織様をお連れしました」

ややあって、中からゆったりとした声が言った。

「入れ」

え? 女の人の声?

戸惑っている間にも扉が開き、広い部屋の奥に女性が一人立っているのが見えた。

キラキラした豪奢《ごうしゃ》な衣装、高く結い上げた髪、それを彩る多くの髪飾りが揺れてきらめくその下の顔は、女豹《めひょう》のような鋭いゾクリとするほどの美貌。

(華流ドラマのお后《きさき》様だわ……!)

――しかも悪役サイドの。

毒々しいまでに美しいその花の顔《かんばせ》の中、真っ赤な形のよい唇がにやり、と吊《つ》り上《あ》がった。

「ようこそ蔡家へ、香織とやら。こちらへ来て座るがよい」

やや低めの滑らかな声には、獲物を睨む蛇のような毒が含まれている。

(や、やっぱり来たらいけなかった⁇)

華老師の複雑な表情を思い出すが、今さら回れ右をするわけにはいかない。後ろには雹杏が無表情で控えていて、無言の圧力をかけてくる。

「し、しししつれいします」

ぎくしゃくと絹張《きぬばり》の瀟洒《しょうしゃ》な長椅子に座ったとたん、ひやり、と首筋が冷たくなった。

（?!）

首筋に、刃物が突き付けられている。

むせるほどの芳香が背中から香織を搦《から》め捕《と》るように包んだ。

「動くなや？　そなたには聞きたいことが山ほどあるでなあ」

第七話　食堂をやりたい！

（ひ、ひええ！）

動けるわけがない。これでは首を少し振っただけで辺りに香織の血が飛び散る。とんだスプラッターだ。

「我《われ》は蔡家《さいけ》の当主代理、蔡紅蘭《さいこうらん》じゃ」

（そんな居丈高に言われても……どうしたらいいの!?）

床にひれ伏した方がいいのだろうか。が、首筋に刃がぴったり当てられていて、身動きできない。

「驚いたか？　当主代理は弟だと思うておったのであろう？」

（はい??）

驚くも何も、そんな事情は微塵《みじん》も知らない。当主代理？ 何のこと？

「弟だと思うておったゆえ、我が家の荷馬車にわざとぶつかったのであろう？」

耳元で囁《ささや》く低い声に、腹の底がカッと熱くなった。

わざとぶつかった？ ――冗談じゃない！

「わざと馬車にぶつかるバカがどこにいるんですかっ！」

自分でもびっくりするくらい大きな声が出た。

トラックにだってわざと轢かれたわけじゃない。

日々の生活に心身ともにクタクタに疲れて、死んだ方がラクかもしれないと頭の片隅で思うことは確かにあった。

でもあのとき。あのトラックに轢かれる直前、香織は疲労困憊《ひろうこんぱい》しつつも夕飯の献立を考えていたのだ。

夕飯の支度をしようと思っていたから。

どんなに疲れていても家族のために夕飯を作ろうと思っていたから。

どんなに家族から冷たくされても、ご飯を作るのは妻であり母である香織の仕事だ。

家族の健康を預かる大切な役割だ。

どんなにつらくても、それを放棄しようと思ったことはない。

「イヤだから、つらいから、だからわざと轢かれるなんてことわたしはしません！ バカにしないで！」

広い部屋に香織の怒声の余韻が響いた。

その余韻が消える前に高らかな笑い声が上がった。

「なかなか面白い娘じゃ。肝は据わっているとみえる」

首筋から刃物が離れた。小気味よい音を立てて小刀を懐に収めると、蔡紅蘭は香織の向かいの長椅子に座った。

「そなたは芭帝国《ばていこく》から来たのでは？」

美女の鋭い視線から思わず目を逸《そ》らし、香織は無意識に首の後ろに手をやる。

華老師の言っていた星印。この美少女の首には、隣の芭帝国後宮の妃嬪の証があるのだという。

この妖艶な美女は、その場しのぎの嘘《うそ》などすぐに見破ってしまうだろう。

香織のように嘘をつくのが下手な人間は、この手の鋭い女には逆らわないのが一番。

これも前世で学んだことだ。

さすがに首の印のことは言えないが、他のことはありのまま話そうと腹をくってグッと顔を上げた。

「すみません。わたし、記憶がないんです。馬車に轢かれて、華老師のお家で手当してもらって、目が覚めたときには自分がどこの誰かも思い出せなくて」

「我相手に、そのような言い逃れが通用すると思うたか」

「いいえ。ぜんぜん思いません。だからありのままをお話ししています」

黒曜石のように煌《きら》めく瞳が香織をじっとのぞきこむ。香織も負けずに妖艶な双眸《そうぼう》を見返した。

「不思議な色の目をしているのう。まるで未知の宝石のようじゃな。その目鼻立ちのはっきりとした顔立ちも陽《ひ》に透ける髪色も、見る者を魅了してやまない異国の美貌じゃ。その魔性を差し引いても……嘘を申してはおらぬと見た」

異国の美貌。

未だに鏡を見てないので自分がどんな容姿になったのかまだ完全に把握できていないが、この美女がそう言うのならそうなのだろう。

「我が家の侍女として働くに充分な容姿じゃ。のう、雹杏《ひょうあん》。礼儀作法や仕事はそなたが仕込め」

「承知いたしました」

「ちょ、ちょっと待ってください!!」

何勝手にこの家で働くことにしようとしてるんですか?!

「わ、わたし! こちらでは働けませんっ」

「なぜじゃ? 給金はたっぷり出すぞ。そなたが働いたほうが華《か》老師の負担も軽減すると思うが」

「給金……」

たしかに、お金のことを考えるなら蔡家で働いたほうがいいのかもしれない。なんといっても香織は居候の身なのだ。

（でも……）

明梓《めいし》の言葉が浮かぶ。近所にふらっと立ち寄れる食堂があると正直助かる、と。

人の役に立ちたいと思う。近所にふらっと立ち寄れる食堂があると正直助かる、と。

近所の人たちのためにもなり、自分の前世の秘《ひそ》かな夢が叶《かな》うことへのワクワクが抑えきれない。

しかし、それはお金にはならない。

前世の香織なら、ここで自分を曲げていただろう。自分が我慢して済むならそれでいい、と。

でも。

（今回は曲げたくない！　わたし、食堂をやりたい！）

はっきりと強く思ったとき、言葉が自然に口から出てきた。

「わたし、華老師のお家で近所の人たちのために食堂を開くんです。だからこちらでは働けません。ごめんなさい」──

香織は紅蘭に向かってはっきりと言い切り、深く頭を下げた。

「貴女《あなた》、御自分が何を言っているのかわかっているの？　この名門の蔡家で働きたくとも働けない者は大勢いるのよ？　それを、貴女のようなどこの馬の骨かもわからない、他国の間諜《かんちょう》かもしれない者を雇ってくださると言っている紅蘭様の御慈悲がわからないの?!　身の程をわきまえなさい！」

「か、間諜……？」

わたし、スパイ疑惑がかかってるってこと?!

華老師の言ったようにこの美少女が芭帝国後宮の妃嬪なら、そういう状況もあるのかもしれない。この世界の世界勢力図をまったく知らない香織には自分が――というかこの美少女がスパイだなんて、ちょっと信じられないが。

「わたし、スパ……間諜なんかじゃありません！」

「まあ図々《ずうずう》しい！　貴女のような異国の娘の言うことなんて信じると思って？」

「よい、雹杏」

美女が、じっと香織を見据えたまま言った。

「ですが、紅蘭様」

「嫌だと言う者を雇うのも後味が悪いのでな」

香織はぱっと顔を上げた。

「じゃ、じゃあ、わたしは」

「好きにせよ。華老師の家にいるがよい。ただし、見張りを付けさせてもらう」

「み、見張り？」

「そなたが芭帝国の間諜であるかどうかは、こちらで判断させてもらう。ゆえに、そなたには蔡家より派遣する見張りを付けさせてもらう」

「そんな！　わたし、見張られるようなことしません！」

「それはこちらが決めること。そなたに拒否権はない。拒否するなら蔡家で働くことになるが、いかがか？」

ぐ、と言葉に詰まる。

見張り、と聞いて筋肉ムキムキの兵士を思い浮かべ香織は泣きそうになる。そんなごつい人がいたら小英《しょうえい》や近所の子どもたちを怖がらせてしまう。

香織の心中を察したかのように紅蘭がにやり、と笑った。

「案ずるな。下町の者を怯《おび》えさせるような者ではない。下町でもわりと顔の知られた者だ。――雹杏」

「は、はい。お呼びしてはおりますが……」

「通せ」

「……かしこまりました」

しぶしぶ、といった風に雹杏は内扉へ歩いていき、すぐに戻ってきた。

雹杏が頭を垂れて開けた扉の脇に、背の高い人影が現れる。

紅蘭が手招きをした。

「こちらへ、耀藍《ようらん》。そなたにはこの者の見張りを申し付ける」

第八話　見張り役はイケメンでした。

かなり背の高い人影が部屋へ入ってきた。

その姿に思わず目を奪われる。

涼し気な緑碧《りよくへき》の袍《ほう》がよく似合っているのは、髪の色が銀色だからだろうか。

「いつもながら姉上は唐突ですねえ。誰ですか、この子。悪いことするようには見えないですけど」

そう言って紅蘭《こうらん》の横に座った青年は、香織《こうしよく》をじいっと眺めた。

その瞳の色もアクアマリンのような、澄んだ海のような変わった色をしている。黒髪黒瞳の紅蘭とは全く違うが、顔の造作には共通するものがあった。切れ長の涼し気な双眸、おそろしいまでに整った目鼻立ち。

つまり、かなりな美女にそっくりのかなりなイケメンだ。

ほほ、と紅蘭は笑った。香織を射貫《いぬ》くように見据えたまま。

「人は見た目ではわからぬぞ、耀藍《ようらん》。この者は芭帝国《ばていこく》の間諜かもしれぬ。そなたを将来の『術師』と知ってわざと蔡家の荷馬車にぶつかった疑いがある」

「ええっ、君が芭帝国の間諜ぉ？　それはたいへんだぁ」

わざとらしく驚いてみせる青年は、笑い含みに香織を見ている。

（……この人、ふざけてるわ。ぜんぜん真面目に取り合ってない）

香織としては複雑な気分だ。

「で？　見張るってどういうことです？　この子、華《か》センセーのとこに収容されたんですよね？」

なんだ事情は知ってるのか。

「そなたがこの者の行動を見張るのじゃ。華老師《せんせい》宅まで出向いてな」

「ええっ、めんどくさっ」

じろり、と美女に睨まれて、青年はしまったというふうに口元を押さえる。

「たまには働け。どうせ家にいたとてフラフラしているだけであろう。それに、そなたはよく下町に通っているではないか」

「さすが姉上。よくご存じですね。オレにも見張りを？」

「馬鹿め。そなたに見張りなど無意味であろうが。そなたは目立つから方々《ほうぼう》から情報が入ってくるだけじゃ」

紅蘭は美しい金塗りの扇子で香織を指した。

「香織《こうしょく》という。我の用はもう済んだゆえ、この者を華老師宅まで送り届けてやれ」

◇

建安《けんあん》のいわば高級住宅街にある蔡家と、下町の華老師の家まではけっこうな距離がある。行きに歩いてきた香織は、新宿から原宿くらいまでの距離はあるかな、と見当をつけていた。

だから紅蘭が馬車を出す、と言ったとき正直かなりうれしかったのだが。

「だいじょうぶですよ姉上。華老師宅まではすぐなんで」

（なに断ってるの!?　わたしは行きも歩いてきたんですけど！）

「ふむ。それもそうじゃな」

（いやいやいや紅蘭様もなぜすぐに納得?!　なんなのこの無神経姉弟は!!）

……そんなわけで、香織と耀藍は蔡家の巨大な門をくぐって往来に出てきたのだが。

屋敷からそんなに歩かないうちに、すぐにすれ違う人々からの視線を感じる。

（そりゃそうよね、こんなアイドルみたいな男の子と歩いてたら目立つわよね）

隣の蔡耀藍をちら、と見上げる。

おそらく一九〇センチ近くはある長身。磨いたプラチナの輝きを放つ銀色の髪は長く、一つに結っている。何と言ってもアクアマリンのような瞳が美しく、目を引く。

（うう……落ち着かないわ）

前世で夫と町を歩いていてこんなに視線を感じたことはない。

（イケメンっていうのも大変ねえ）

などと思いつつ、香織はふと気が付いた。

人々の視線が、なにか奇妙だ。

その奇妙さの正体に気付いたのは、向こうから歩いてくる品の好《よ》さそうな母娘《おやこ》の会話が聞こえたからだった。

小学校高学年くらいの少女と若い母。その後ろから、侍女らしき女性が数人付き従っている。

「ねえお母様、あれ、蔡家の耀藍様だわ」

少女は目を丸くして顔を赤らめた。

「素敵ですわ……まるで月の神様のよう。ねえお母様、御挨拶してもよろしい？」

あきらかに耀藍にのぼせている風の少女に、母親がぴしゃりと言った。

「いけません」

「どうしてですの？　ご近所ですのに」

「耀藍殿と口をきくと鳥に変えられてしまうということですよ。かと言って不調法を咎《とが》められて呪われてもいけないわ。きちんと会釈なさい。ぜったいに口をきいてはダメよ？　いい？」

「……はあい」

　これだけの会話をかなり早口に切迫した様子で交わし、香織たちとすれ違うときには深々と会釈し、母娘は通り過ぎていった。

　端から見ればただすれ違っただけに見えるが、母娘の会話が聞こえてしまった香織は混乱していた。

（えーと……つまりこのイケメン、近所で避けられているってこと⁇）

　しかもかなり特殊な理由で。

　などと考えていると弾かれたように耀藍が笑った。

「オレのこと、こいつはなんなのだと警戒したか？」

「いえっそんなことは……無い、とは申しませんが」

　警戒というか、純粋な好奇心だ。

「ただ、ヒトを鳥に変えるとか呪うとか、そんなことを本当に耀藍様がするのかな、って──」

「する」

即答に思わず香織は立ち止まった。

「オレは、異能者だからな」

「えっ？」

「たいていの者はオレを怖がる。そなたもオレが怖いのでは？」

アクアマリンのような双眸がのぞきこんでくる。どきりとしたのは、端麗な容姿のせいではなくて。

端整な顔はいたずらっぽく笑っているのに、香織の目にはなぜか──耀藍が泣きそうに見えたのだ。

「べつに怖くはないです。なんていうか、不思議だなって思っただけで」

それが正直なところだ。

ここが異世界だとわかっているので、妖術だろうが異能だろうが、特に怖いとは思わない。むしろ、興味すらある。

「それに、耀藍様は優しそうな人だと思ったので」

何を考えているかわからない不気味さはあるが、悪事を働くようには思えない。姉の紅蘭にしても、威圧的で怖いが悪意はなさそうだと思う。

　耀藍は少し驚いたように眉を上げ、そしてなぜかうれしそうに笑んだ。

「……ほう。変わっているな、そなたは。オレが異能者と知って、怖いと言わない女人を初めて見る」

（そうかなあ……妖術師とか異能者だったとしても、こんなイケメンなら許されちゃうのでは？　それとも異世界の感覚はそうじゃないのかしら）

　などと香織が思案していると、急に耀藍が顔を寄せてきた。アクアマリンの瞳が近くて心臓が急速に高鳴る。

「な、なななんですか？」

「やはり、そなたも普通のヒトと違うからか？」

　端から見れば青年が美少女に愛をささやいているように見えるだろう。それくらい近い距離と甘い声と表情で、蔡耀藍は驚くべきことを言った。

「そなた、かなり遠くからあの母娘《おやこ》の会話が聞こえていただろう？」

「！　どうしてそれを」

　それは香織自身も密《ひそ》かに驚いていたことだった。

　あの母娘の会話が、香織には確かに聞こえた。しかし、それは通常のヒトの可聴範囲を超えていた。少なくとも前世の香織には聞こえなかった距離だ。母娘の会話はヒソヒソ声だったのに、一〇〇メートルほど先から聞こえたのだ。

なんでこの人はそれがわかったのだろうか。

背中が冷たくなる思いでおそるおそる耀藍を見上げると、やはり耀藍は無駄に甘い微笑みを香織に返してくる。

「これは姉上の言う通り、本当に芭帝国の間諜なのか？　間諜だったら殺さなきゃならないのだろうか」

香織は全力で否定する。

「いえっ、違いますっ。ぜったいに違いますっ……たぶん」

ぷぷ、と耀藍が笑う。

「なんだ『たぶん』て。自分のことなのになぜ他人事《ひとごと》なのだ？」

（ううっ、だって本当にわからないし他人事だし）

「ま、いい。そのうちわかるだろう。これは良い退屈しのぎになりそうだ」

口元だけで微笑んだ耀藍の顔には凄《すご》みがある。

（こ、こわい……）

耀藍の視線を避けるように顔を背けていると、目の前に何かが差し出された。

「……お札《ふだ》??」

「疲れてるのだろう？　近道する」

「は、はあ……」

それは白い短冊のようなもので、墨で字が書かれている。けれど、こちらの世界の字とも何か違う、呪文のような。

耀藍は長い足で数歩先へ歩く。そこは四辻《よつつじ》の真ん中だ。

「ちょ、通行の邪魔ですよ！」

前世、子どもたちに注意していた言葉がつい口から出てくる。

この世界は馬車や馬や馬に似た動物も道を歩いているのを見かける。信号機もないし、道のど真ん中に立つのは明らかに通行妨害になるだろう。

「今は誰も来ないですけど、人がきたら邪魔に――」

そう言って近づいた香織の腕を耀藍がぐいとつかんで引き寄せた。

「?!」

耀藍が長い指に挟んだお札を口元に当て、何事か呟《つぶや》いた瞬間。

ぐら、と地面が揺れるような感覚に、視界が白くなる。

一瞬のことだった。

「あ、あれ……???」

気が付くと、一瞬前とは周囲の風景がまったく違う。

「あ、香織《こうしょく》だ！　おかえりー……って、耀藍様もいるじゃん！」

「やあ小英《しょうえい》。饅頭《まんじゅう》を持ってきたから食べよう」

「やったー！」

弾んだ声に振り向けば、そこに小英が立っていた。

ここは……華老師の家の前だ。

「え⁈　えええええーっ‼⁉⁇」

叫ぶ香織の横をくすり、と通り過ぎ、耀藍は小英と華老師の家に入っていった。

第九話　異能者・蔡《さい》術師は大食いでした。

「蔡術師、と、正式にはそう呼ばれる。国王の側近の一人じゃ」

白湯《さゆ》を華老師《かろうし》に差し出しつつ、華老師の隣で満足そうに饅頭を食べるイケメンを見る。

「術師？」

「蔡家には昔から、数十年に一度くらいほど、不思議な異能を持った者が生まれるそうじゃ。銀色の髪と宝玉のような瞳を持ち、手を使わずに物を運んだり人の心を読んだりできる者がのう」

つまり超能力者だ。

異世界だからあまり違和感はないが。

「だから、オレは近所じゃ忌み者というわけなのだ。さっきの母娘《おやこ》みたいな反応はいつものことでな。皆、オレが術を使って何か悪さすると思っているらしい。気に入らないことがあると呪い殺すとか、な」

さらりと耀藍《ようらん》は言ったが、華老師は顔をしかめる。

「まったくバカげた話じゃ。蔡家の異能者は、幼い頃より王城へ赴き、陰陽道《おんみょうどう》その他の術を学び、とっくに異能を制御できるようになっておるとおうのに」

「ま、仕方なかろう。多くの者にとって、異能者など妖鬼の類と一緒だからな」

「そんな……」

またもやさらりと言った耀藍に、香織《こうしょく》はかける言葉がない。

「その点、下町の人たちはオレとお友だちになってくれるからな。つい遊びに来てしまうのだ」

どこにしまっていたのか、山と積まれた饅頭を気持ちいいくらいパクパク食べながら耀藍は笑う。夕飯が食べられなくなるぞ、と注意する華老師に、饅頭の山へ伸ばす手をぴしゃりとやられて口をとがらせている。

「……あんなこと言ってふざけているけど、耀藍様は孝行息子なんだよ。ここに来るのは、お父様のお薬のためさ」

小英《しょうえい》がこそっと言った。

「お薬？」

「蔡家の御当主は——つまり、耀藍様のお父様は、病で伏せっているんだよ。王城に出入りしている医官が診察しているみたいなんだけど、華老師のお薬の方が効くんだって。でもバレると医官の面目まるつぶれだから、こっそり薬をもらいに来るんだ」

そんな事情があったとは。

——当主代理は弟だと思うておったのであろう？

紅蘭《こうらん》の言葉を思い出す。あれは、そういうことだったのか。

「ああやって華老師とじゃれるのはいいんだけど、少しは家事とか薬作りとか手伝ってくれると助かるんだよなあ」

華老師と何やら饅頭のことでもめている耀藍を見て、小英はぼやく。だがその顔はうれしそうだ。さっきの様子を見ても小英は耀藍になついているのだろう。

（顔はアイドルのくせにちょっと怖いと思ったけど……悪い人じゃないのかも）

「そうそう。この時間に来ると、夕飯もここで食べるんだよ。お金持ちなんだから、御屋敷に帰ればいくらでもご馳走《ちそう》が食べれるだろうにさ。ここで食べたいっていうんだ。見た目によらずめちゃくちゃ食べるんだよ、耀藍様は」

「そうだ！　お夕飯の支度！」

気が付けば、西日の色が濃くなり始めている。もうそんな時間だわ！

香織は弾かれたように立ち上がった。

「ごめんね、小英、すぐにお夕飯の支度するね！」

「あ、そうだった！　香織が作ってくれるんだった！」

小英はうれしそうに満面の笑みを浮かべる。

「今日は往診も大変だったし、包帯の洗濯もあったから厨《くりや》仕事はしんどいなーって思ってたんだー。耀藍様は大食漢だしさ、ほんっと香織が来てくれて助かるよ！」

夕飯の準備をすると言ってこんなに感謝されたことのない香織は、胸の辺りが温かくなる。

「……こちらこそ、ありがとうね」

「え？」

「ううん、なんでもない。さあ、作るぞー」

襷《たすき》で上衣の袖をくくり、土間へ降りる。

「午前中に作った粉ふきイモがあって……」

おとうふ。大根。ネギ。あとは小松菜がある。

どれもさっき運び込まれたのだろう、お豆腐はみずみずしく、野菜たちは少し泥も付いていてハリがいい。

「よし、和《あ》え物《もの》とお味噌汁を作ろう！」

◇

小英が使っている白い木綿のエプロンを借りた。この世界では前掛けというらしい。ギャルソンエプロン型のシンプルな物だ。

「まずはお味噌汁の準備ね」

三日前、おひたしを作った時にとっておいた玉ねぎの皮をたっぷりの水で沸かす。乾物が少量でも旨味とコクを出すために玉ねぎの皮を煮出す。玉ねぎの皮は、煮出すと立派な出汁になるのだ。

前世でも、香織はよくやっていた。夫には玉ねぎの皮まで使うなんて貧乏くさい、と眉をひそめられたが、旨味のあるちゃんとした出汁になる。

「煮出した玉ねぎの皮の出汁に、昆布を二センチ角と、かつお節はちょっぴりで」

出汁の中に昆布を入れ、煮立ったらかつお節をパッと散らす程度に入れ、三分ほどして引き上げる。そのまま火から下ろし、昆布は入れたままにしておく。

「大根とネギは大き目に切ろう」

二センチ角ほどのサイコロ型に切った大根、同じ大きさにぶつ切りにしたネギを用意しておく。

「昆布から出汁が出るのを待っている間に、和え物をしよう」

小松菜を良く洗って、沸騰した湯でサッと茹でる。

水にさらし、よくしぼって、三センチほどの長さに切る。

器に、出汁を取るときに使ったかつお節の出汁がらと胡麻《ごま》とお醤油、砂糖を一つまみ入れてよく混ぜる。

その中に小松菜を入れてよく和えたら、完成！

「昆布の出汁、出たかな」

昆布が入ったまま鍋を火にかける。一緒にお米も炊かなくちゃ、と思い出した香織は、米を研いで土鍋に入れ、これも火にかけた。

吹いてくる米の様子をみつつ、沸騰直前で出汁鍋の昆布を取り出す。

取り出した昆布はとっておこう。風通しの好い場所に置いて、何枚か溜《た》まったら佃《つくだ》煮《に》を作ろう。

などと考えつつ、出汁鍋に大根を投入。

しばらく煮て、大根の色が澄んできたらネギを投入。

お米の土鍋がすっかり落ち着き、放っておいて大丈夫になった頃、豆腐を投入。

具を時間差で入れることで、素朴な具でも食感の違いが楽しめる工夫だ。

最後に味噌を溶き入れて……完成！

粉ふきイモ
小松菜の和え物
お豆腐と大根とネギの味噌汁

「ごはんですよー」

香織がお盆で和え物の器を運んでいると、薬部屋から三人がわらわらと出てきた。

「わーいゴハンだ」

「うむ、良い香りじゃのう」

耀藍が、並べられた器を見てアクアマリンの瞳を丸くしている。

（やっぱり貴公子だから、庶民の食卓は質素すぎるかしら……）

こんな物食べられない、と言われたらどうしよう。

小英は耀藍がここで夕飯を食べたがると言っていたが、耀藍がいるときだけはふんぱつしていたのかもしれない。

（わたしったら、普通に普通の材料で作っちゃったわ、どうしよう）

しかし今さら後悔しても遅い。

いらない、と言われたらそれまで、と腹をくってご飯をよそって運ぶと、先に座っていた耀藍が空の器を差し出してきた。

「おかわり」

「えっ？」

見れば、和え物の器はきれいに空になっている。

「こんなに美味な和え物、初めて食べたぞ。香織は料理人か何かなのか？」

端整な顔がうれしそうに笑った。

「早く、おかわりくれ」

「えっ、あ、はいっ」

前世からのクセで分量を量らずいつも多めに作ってしまう香織だが、和え物はほとんど耀藍がおかわりをし続けてなくなった。

「美味い！」

と言いながら、耀藍はにこにこと食べ続ける。

「ほんとに、よく食べるんですね……」

小英が耀藍を大食漢と言ったが、確かにそうかもしれない。

がつがつかっこむ、というのではなく、するすると食べていつの間にか一体どんだけ食べた?!　という状況になっているタイプの大食漢だ。

お米も五合炊いたのに、土鍋はすっかり空になった。

「ごちそうさま」

皆で手を合わせて食後の白湯を飲んでいると、耀藍が言った。

「気に入ったぞ」

アクアマリンの瞳が香織をじっと見る。心臓が大きく跳ね上がった。

え？　気に入ったって、わたしのことじゃないよね？　ご飯のことだよね？

「お、お口に合ったならよかったです」

「な？　美味いだろ、香織が作った物って」

「うむ。どれもこれも、わしゃ小英も作る普通の料理なのだが、なんというか、こう、こなれ感のようなものがあって美味いのじゃ」

そりゃ主婦歴十五年なんで、こなれ感も出るかと。

こっそり香織が微笑んでいると、耀藍がとんでもないことを口走った。

「華老師、オレも今日からここに住む。いいだろう？」

第十話　そんなこと言われたらうれしすぎます！

……へ？

「また何を言い出すかと思えば、戯《たわむ》れがすぎるぞ耀藍《ようらん》。香織《こうしょく》はな、事情があってここにおるのじゃ。帰る場所のある者は帰る場所に帰れ」

しっしっ、と華《か》老師がてのひらを振るが、耀藍はしれっと言い返す。

「オレにもちゃんと事情がある。オレは香織の見張り役だからな」

「何を言い出すかと思えば見張りとは、出まかせも甚《はなは》だしいぞ」

「出まかせではない。姉上から、この娘を見張れと命令されているのだ」

「なに⁈」

華老師の顔色が変わった。

「紅蘭《こうらん》様が？　ほ、ほんとうか」

「ほんとうだ。姉上が香織の見張り役にオレを指名したのだ」

「むう……紅蘭様が……」

華老師が顔をしかめる。

「紅蘭様には逆らえんからのう。逆らえばなにをされるかわからんでのう」

美しく、しかし毒のある妖艶な笑みが脳裏をよぎる。華老師が怯えるのもわかる気がした。ていうかどんだけ恐れられているんだろう、紅蘭様。

「わかった。ただし、期間限定じゃぞ。紅蘭様が見張れと言っている期間だけじゃ」

「やった！」

でかい図体《ずうたい》で無邪気に諸手《もろて》を上げる耀藍。そんな仕草にもどきりとしてしまう。

(わたしったら何考えてんの！)

しっかりして自分、と思いつつドキドキが止まらない。

耀藍様、ぜったいこれ才能だわ。天然アイドル男子だわ。

そのへんの男の子がやったらあざとく見えてしまうようなリアクションも自然にやってのけ、惹《ひ》き付《つ》ける。これを天性の才能と言わずして何と言おう。

おそるべし異世界の天然アイドル。

香織がうなっていると、華老師も同じく腕組みをしてうなり始めた。

「だがのう……ひとつ、問題がある」

「問題？　なんだ？」

「すぐに使える部屋が、一つしかなくてのう。その部屋は、その、香織の部屋から内扉でもつながる、香織の部屋の隣室なのじゃ」

ええええええええ！！！

思い出す。確かに、部屋の中に小さな扉があった。物置かな？　なんとなく開けちゃいけないのかな？　とそのままにしていたけど、あれって、隣の部屋につながってたの?!

「だめだめだめ!!　その部屋は却下ですっ」

「なんでだ？」

なんでって……

だってイビキとかオナラとか寝言とか、なんかいろいろ聞かれたら恥ずかしいし、それに――

「心配するな。オレは夜這《よば》いとかしないぞ」

「夜這い?!」

小英《しょうえい》の顔が真っ赤になって声が裏返る。

「なっ、こんな小さい子の前で何言ってんですか！」

「そういう問題じゃないのか？」

「そ、そういう問題だけど……そういう問題じゃなくてっ」

ていうか夜這いするとかしないとか、結婚歴十八年の主婦（43）がそんなことに悩むなんて……いやいや違う、今の私は15、６歳の美少女よ！　だからこそ悩むっていうか！

などと煩悶《はんもん》していると耀藍が叱られた子犬のように哀《かな》しそうな顔で香織をのぞきこんできた。

「ダメなのか？　オレは香織の作ったゴハンを毎日食べたいのだが」

きゃあああ!!

そんなアクアマリンの瞳で、そんなアイドルみたいな端麗な顔で、そんな甘い声で。

わたしの作ったゴハン毎日食べたい、なんて言われたら。

「わかりましたぁっ。隣の部屋でもいいですっ」

香織はお盆を抱えて立ち上がった。

「ほ？　よいのか、香織」

「いいですっ」

「まあ、そなたがよいならよいが……」

困惑したような華老師とは対照的に、耀藍はうれしそうだ。

「これくらい役得がなくては、姉上の気まぐれには付き合えない。じゃあオレはさっそく荷物取ってくるぞ」

耀藍はそう言ってふらっと外へ出ていく。またあの距離を歩くのか、と他人事ながら気の毒に思ったが、きっとまたあの不可思議な術で往復するのだろう。

いろんな意味で、おそるべし『蔡術師』……。

「耀藍様がここに住むなんて、なんだか変な感じだなあ」

小英はそう言いながらもうれしそうだ。

香織もいつのまにか、顔がにやけていた。

だってだって。

わたしの作ったゴハンを毎日食べたい、なんて、夫にも子どもたちにも言われたことない。

うれしすぎる……!

第二章　食堂

第十一話　華《か》老師宅の朝食風景

華老師宅の朝は早い。

というか、異世界の人々の朝は早い。

近所にはいくつか井戸のような水場がある。華老師の家には小さな水場があるが、飲み水はこの共用の水場の水が美味しいと聞き、香織《こうしょく》は毎朝料理に使う水を汲みに来ていた。

「おはようございます」

「おう、おはよう香織」

「おはよう、香織、華老師のところはもう慣れたかい」

「はい、おかげさまで」

そんな会話をしながら近所の人々とすれちがう。

太陽が昇りはじめる頃には、近所の人々の大半は動き出している。

こちらの世界には電気がなく、明かりが貴重な物だからだろう。

庶民は太陽と共に寝起きするのが基本のようだ。

この世界には火の他に、灯火《とうか》石《せき》という明かりになる不思議な石があるそうだが、それは大商家や貴族の邸宅でしか使われない高価な代物のようだ。

そんなわけで香織も夜明けと共に起き、竈に火をいれることから始める。早起きには慣れているので苦ではない。前世では毎朝5時に起きて、夫のお弁当作りや朝練に行く智樹《ともき》の朝食を用意していた。

基本的に午前中は往診に行く華老師と小英《しょうえい》も朝が早く、いただきます、と手を合わせるのは6時を過ぎた頃だろうか。

時計がないので正確な時間はわからない。

けれどこの「なんとなく」という時間の流れ方が香織はけっこう気に入っていた。いつも時計やスマホを気にしながら生活していたんだな、と改めて気が付く。そして、そこから解放されるというのがこんなにも心安らかなことも。

「わあ、今朝も美味しそうだなあ」

小英がうれしそうに箸をとる。

昨夜の残りの白飯と大根を一緒に炊いた、味噌おじや。

野菜の切れ端を集めて作った、醤油味の汁物。

きゅうりの塩もみ。

これだけの朝食だが、華老師も小英もにこにこと器に向かっている。

(思えば、前世の朝食の食卓って、戦争みたいだったな……)

誰も笑わない。誰も美味しいと言わない食卓。

メニューはそれこそ、部活に行く智樹のことも考えて、サンドイッチを作り、おにぎりも作り、野菜をたくさん入れたスープに目玉焼きとベーコンに、シリアルに、ヨーグルトにバナナに……とテーブルいっぱいに食べ物が並んでいた。

それでも、こんなふうにほんわかと温かな食卓ではなかった。みんな、何かに追われるように黙々と食べ、ごちそうさまも言わずにあわただしく席を立ち、それぞれの場所へ出かけていった。

食べ物に溢《あふ》れているのに、空気の寒々しい食卓。

なぜだろう、とぼんやり考えていると小英がきょろきょろと周囲を気にした。

「あれ？　耀藍《ようらん》様は？」

「あー……まだお休みなんじゃないかな」

香織はさりげなく聞こえるように答える。

……本当は、さっきのことを思い出してまだ顔が熱い。

ふーっと汁物を吹いてすすった華老師が、顔を綻ばせて言った。

「耀藍は朝が弱いとみえるのう」

（それですよそれ！！！）

心の中で激しく同意する。

弱いも弱い、完全に寝ぼけている。香織は野菜の切れ端で作った汁物をあわててすすった。


——数十分前。


「耀藍様？ 朝食ですよ？」

『朝食も食べたいからぜったい起こしてくれ！』と耀藍が言ったので、香織は耀藍の部屋の扉をノックしたのだが。

「耀藍様？」

もう一度ノックする。やはり返事がない。

「どうしよう……放っておきたいけど、なんで起こさなかったんだ！ って言われたら困るし……」

昨夜、屋敷から大量な荷を運びこんできた耀藍は、なんと術で生み出した式神を使ってあっという間に部屋を片付けた。

「内扉から出入りしてもよいか？」

香織の耳元で耀藍が妖艶にささやく。

「なっ、何言ってんですかダメに決まってるでしょう！」

顔を真っ赤にして叫ぶ香織にあろうことか「からかいがあって面白い」と言ってのけた耀藍は、しかし内扉を開けることはなかった。

（それなのに、わたしが耀藍様の部屋の扉を開けるってなんか……）

しばらく部屋の前でもじもじしていたが、けっきょく香織はそっと扉を開けた。

香織の部屋よりも少し広い部屋の壁際に、寝台がある。

「耀藍様……？」

近付くと、枕から銀色の髪が朝日を弾いてこぼれている。

「ぐっすり寝てるけど」

微《かす》かな寝息をたてて耀藍は寝ていた。白絹の夜着が質素な布団からはみ出ている。けっこう寝相が悪いようだ。

「耀藍様」

くー……

「耀藍様！」

……くう、くー……

「耀藍様っ!!」

しまった、と思うほど大声を出したのに、耀藍はいっこうに起きない。

「もうっ、起こせって言ったじゃないですか！」

智樹や結衣《ゆい》を起こすときのクセで、つい、耀藍の肩に手をかけてぐい、と引いてしまった。

その瞬間。

「ひゃあ?!」

逆に強くひっぱられた香織の身体が、勢いよく寝台の中へ引き込まれる。

(う、うわわわわ！)

耀藍の胸の中にすっぽり入る形になった香織は、あわてて寝台から出ようとするが、がっちり胸に抱かれてしまって抜け出せない。

「ちょ、ちょっと耀藍様?!」

見れば耀藍は相変わらず軽い寝息を立てて眠っている。

演技ではなさそうだ。

「ちょっと……このっ、放してくださいっての……」

まるで香織を抱き枕のようにかかえた耀藍の心臓の音が聞こえる。規則正しい、ゆっくりとした鼓動。

これで目が覚めているのだったら、よほど女慣れしている。

意外にもたくましい胸板に、香織の方があっという間に心拍数が上がる。

（この体勢はまずいわ……！　起きなきゃ！　起こさなきゃ!!）

「耀藍様っ……」

ぐい、と胸を押す。かなり強い力で押すと、ようやく耀藍の腕から逃れることができた。

「はあ、ふう……もうっ、なんなのこの人、もしかして低血圧?!」

こんなに寝台の上でもみ合ったのに、まったく起きない。

「もう……知らないっ」

香織はほうほうのていで耀藍の部屋を出ていったのだった。


——そんなことを思い出し、ふたたび顔が赤くなるのを隠すように食べ終えた器を土間へ運んでいると、

「ああっ、なんでみんなで朝食を食べているんだ！　オレの分は？　ていうか、なんで起こしてくれなかったんだ香織《こうしょく》ー！」

耀藍が居間で叫んでいるのが聞こえる。

「めちゃくちゃ起こしたっつうの……！」

香織はおたまを握った手をぷるぷる震わせた。

第十二話　仲直りの佃煮

「香織《こうしょく》……、いいかげん機嫌を直してくれ」

耀藍《ようらん》は器を並べる香織をおそるおそるのぞきこむ。

「オレはほんとうに朝が弱いのだ。香織が起こしに来てくれたこと、ぜんぜん気がつかなかった。オレ、香織に何かしたのか？」

「………」

ほんとうに覚えていないらしい。それがまた腹が立つというか、恥ずかしいというか。

「と、とにかくすまぬ。オレとの約束を守って起こしにきてくれて、ありがとう」

こんなに素直に言われると、腹を立てているのがさすがに気まずい。

しかし引っこみがつかずに、香織は無言でお盆を抱えたまま土間へ降りてきてしまう。

しょんぼりと肩を落とした耀藍に、往診の支度をしていた小英《しょうえい》がひょこっと入ってきて笑った。

「香織はそんなことで怒らないよ、耀藍様。それより、耀藍様は香織のこと見張ってるって言ってたけど、起こしに行っても起きない耀藍様に見張りが務まるのか？」

「うう……香織のことは、姉上がいいと言うまで見張らねばならぬし、ちゃんと務まるから大丈夫だ！　オレは夜はめちゃくちゃ強いからな！」

「耀藍様、よくわからないところで自信たっぷりだなあ。ていうか、香織は間諜なんかじゃないよ」

「オレもそうは思うのだが、姉上が納得しなくてはどうしようもないからな」

「紅蘭様が納得かあ。難しそうだね……まあいいや、おれと華《か》老師は往診行ってくるから、ちゃんとご飯食べさせてもらいなよ」

「うう、小英、ありがとう」

どちらが年上なのかわからない。

「香織、耀藍様を怒らないであげてよ」

草履《ぞうり》を履きながら小英が言う。

「わ、わかってるよ。怒ってなんか……」

「おおかた、耀藍が寝ぼけて婦女子に失礼なことでもしたのじゃろう」

さすが年の功。華老師はなんでもお見通しだ。

「まあ、ああ見えて悪気のない男ゆえ、仲良く留守番を頼むのう」

「は、はい。ちゃんと留守番はするのでお任せください！」

「うむ」

「あ、それから……食堂、今日から始めてもいいでしょうか？」

明梓《めいし》の提案を華老師に話すと、華老師は二つ返事で了承した。

往診に行っている午前中の間、華老師宅のこの土間を使ってもいいという。

『その方が、わしと小英も帰ってからおこぼれの昼食がいただけるからのう』

華老師はそう言って笑ったが、もちろんおこぼれなどではなく、華老師と小英にはちゃんと昼食をとっておくつもりだ。

「この近隣はそうした気楽に寄れる食堂がなかったから、みんな喜ぶじゃろう」

「わーい、帰ってからの昼飯が楽しみだ」

「うん、楽しみにしていてね。では気を付けていってらっしゃい」

そんなこんなで、華老師と小英はでかけていった。

二人の後ろ姿をにこやかに見送り、ふと香織は思い出す。

(こんなふうに誰かを見送ったのも久しぶりだな)

思い起こせば新婚の頃は、毎日夫が仕事へ行くのを見送り、帰ってくれば玄関で出迎えていた。子どもたちのことも、玄関で見送ったり出迎えなくなったのは、いつからだろう。

月日というのは、生活というのは、人の心をすりへらす。

今の気持ちは、ずっとは続かない。

それは相手もそうなのだろう。相手が自分を必要としてくれるうちは、全力でそれに応えた方がいい。

だから。

香織は鍋代わりにした器をのぞく。くつくつと静かに煮立つその中には飴色《あめいろ》に煮えた細かい昆布が入っている。

出汁を取った昆布を集めて、佃煮にしたものだ。

ゆっくりゆっくり火にかけて、二日間ほど煮たほうが味がよくなるそれを小皿に少しだけ取って香織は居間に上がった。

「冷めちゃいますから、早く食べた方がいいですよ」

さりげなく香織が言うと、弾かれたようにアクアマリンの瞳が香織を見上げた。

「怒ってないのか？」

その様子が小さな男の子みたいで、香織は思わずくすっと笑ってしまった。

「怒ってませんよ。さあ、早く召し上がってください」

「よ、よかった。ではいただきます」

心底ホッとしたようにニコニコと箸を取り、耀藍は大きな手のひらで丁寧に器を持っておじやをすする。

「……沁《し》みる。美味い」

はー、と息を吐く姿を見て、香織は胸が高鳴った。

（こんなに美味しそうに、うれしそうに食べてくれるなんて）

自分が作ったもので生き返る、と思ってもらえる。

これこそ、主婦の醍醐味《だいごみ》じゃないだろうか（もう主婦じゃないけど）。

主婦歴十五年のうちで、そんな醍醐味を味わえた期間はほんの少しだったかもしれない。

いつの間にか、味気ない、冷たい食卓にすっかり慣れ切って。

それをどうしたらいいのかもわからなくて。

ただ家族のために食事を作らなくては——義務感に追われるように、毎日台所に立っていたことに気付く。

「耀藍様、これをおじやと一緒にどうぞ」

香織が小皿を出すと、耀藍は物珍しそうに小皿をじいっと見た。

「これは……なんだ？」

「佃煮、といって、白米に合う保存食です」

耀藍は器用に箸の先で少しだけ佃煮をつまみ、口に運ぶ。

「……甘い！」

「ふふ、そうなんです、甘いんですよ」

「でも、たしかにこれは米に合うぞ」

言いながらおじやをすすり、佃煮を口に入れ、を交互に繰り返す無限ループにハマった耀藍は、あっという間におじやを食べておかわりをし、佃煮も野菜の切れ端汁もたいらげた。

「香織はやはり、すごいな。我が家の料理人にもこの佃煮、というのを作ってもらいたいほどだ」

「じゃあ、今日から始める食堂で出汁に使った昆布を使って、また作りますね、佃煮」

「食堂？　食堂をするのか？」

「はい、華老師と小英が往診に行っている間、ここを使って近所のひとたちが立ち寄れる食堂をやることになってるんです。——あ、ほら、さっそく」

にぎやかな話し声に戸口を振り返れば、明梓が入ってくるところだった。

第十三話　心に引っかかる棘《とげ》

「おはよう香織《こうしょく》、食堂のお許しはでたかい？」

明梓《めいし》は朗らかに土間に入ってきたが、香織《こうしょく》のかたわらに立っている長身の麗人を見るなり目を丸くした。

「こ、これはこれは、耀藍《ようらん》様じゃありませんか」

明梓は助けを求めるように香織を見る。

「あ、明梓さん、おはようございます。ええと、耀藍様は……」

「オレは香織の見張り役なのだ。芭帝国《ばていこく》からきたらしい香織が怪しい人物でないかを見張れと姉上が仰せでな」

横からあけすけに耀藍が言うと、明梓は明らかにムッとした。

「そんな。あやしいだなんて。香織は良い娘ですよ」

「オレもそう思う。美味い飯を作る者に悪い人間はいないからな」

にこにこと答える耀藍に明梓は言葉に詰まっている。けれど、その態度は香織の知っている明るい肝っ玉母ちゃん的な明梓ではなかった。じっと自分の足先を見つめ、ときおり窺《うかが》うように耀藍に目をやっている。

(な、なんか空気が硬いな)

いたたまれなくなった香織は口早に言った。

「あのっ、明梓さん！　食堂、やっていいって言われましたよ！　往診の間の午前中、ここを使ってもいいって」

「あ、ああ、そうかい！　そりゃよかった」

明梓は我に返ったように笑顔になるとよっこらしょ、と背負っていた籠を下ろす。

竹を編んだ大きな籠には、風呂敷《ふろしき》に包んだ大きな荷物と、青々とした葉付きの立派な大根が入っていた。

「今朝、隣の関《かん》さんが持ってきてくれたんだよ。明け方に採れたやつだって」

「うわ、立派な大根！」

明梓が洗ってくれたのだろう、大根はつるんと白く、上に行くほどほんのり緑になり、その緑が移ったような青々とした葉がふっさりと付いている。

「それと、これもね。干し肉。あたしが作ったんだ」

麻布に包まれたそれを受け取り、香織は思わず歓声を上げた。

「うれしい！　わたし、干し肉のスープ好きなんです！」

「すーぷ？　すーぷってなんだい？」

「あー……ええと、汁物です汁物」

香織はあわてて訂正する。

干し肉をつかったスープは、とてもよく出汁が出るのだ。

前世、肉が安いときについ大量買いすると、干し肉を作った。ＣＯＯＫＰＯＤで調べて、自分なりにスパイスやハーブを加えて作った干し肉は、細かく裂いて入れるだけで他の出汁がいらないほど旨味が出た。

大根と干し肉のスープ

今日の食堂メニューはこれでいこう。

「香織は食堂を営むのか？」

香織と明梓の間から、ひょっこり耀藍が顔を出す。

「いえ、営むなんてそんな大げさなものじゃなくて。近所の方々に食材を持参してもらうかわりに、わたしがここで調理してみなさんにここで食べてもらうんです」

「食材を持ってくれれば、香織が何か作ってくれるのか？」

「え？　ええ、まあ」

「そうか！　ではオレも食材を持ってくるぞ」

「へ？」

言うなり耀藍は弾丸のように飛び出していってしまった。

「まるで遊びにいく子どもみたいね」

ついくすりと笑うと、明梓が声を低めた。

「気を付けな、香織。あの美丈夫はね、妙な術を使う怖ろしい妖術師だって噂《うわさ》だよ」

「え……」

『妙な術』。蔡家《さいけ》屋敷付近から華《か》老師の家の前までワープしたことを思い返す。

「そ、そんなに危険な感じでもなかったですよ」

「いんや、あの綺麗な外見に騙《だま》されちゃいけないよ。飄々《ひょうひょう》として何を考えているかわからないしさ。貴族様が気さくにしてくれるなんて無いことだから、この辺りじゃあの御仁のことをちやほやする奴《やつ》らもいるけどさ、あたしは正直いつも不気味だなって思ってるんだよ」

確かにあのワープは香織もびっくりしたけれど。

『オレが異能者と知って、怖いと言わない女人を初めて見る』

そう言ってうれしそうに笑った耀藍を思い出して、ちくりと胸が痛んだ。

(明梓さんみたいな反応が普通なんだとしたら……耀藍様はかわいそうだわ)

悲しいような寂しいような複雑な気持ちになる。

「ま、とにかく、あんたがここで食堂してくれるのは助かるからね。あたしは都の中心の市までこれから野菜やら古着やらを売りに行くんだ。行きがてら、ここの食堂のことを近所に声をかけて行くよ」

がっしりした腕を上げて手を振り、明梓は出かけて行った。

香織が知っている明梓に戻ったのでホッとしつつ、香織は首を傾げる。

「耀藍様が妖術師だなんて……」

王に称号を与えられた術師だということを、明梓や一般の民は知らないのかもしれない。

　身分の差や差別というものが、この異世界にもある。そのことが、香織の心に小さな棘となって引っかかった。

◇

「耀藍、なんだその格好は」

　庭院《にわ》で紅錦《こうきん》襦裙の佳人に呼び止められた耀藍は、いたずらを見つかった子どものように決まり悪そうに笑う。

「姉上、よくオレが帰ってきたことわかりましたね」

「そなたが帰ると屋敷の女どもが浮足立つからな。ついでにそなたが厨《くりや》に現れて大量の卵を持ちだしたことも聞いた」

「はは、バレちゃいましたね」

「バレちゃいましたね、じゃない。華老師の家へ差し入れもけっこうだが、我はそなたにあの異国の娘を見張れと言ったのだ。我に報告も無しで行くのか」

　この建安《けんあん》の都で一、二を争う美女の威圧的な眼差《まなざ》しも、普通の男なら怖《お》じるか惚《ほう》けるかだが、耀藍は淡々と受け止める。

「報告すべきことが特にないので」

「本当かえ？　いかにも何か事情のある娘だが」

「さっそく近所の人たちとも仲良くなっていましたしね。オレを嫌っている者たちも彼女を慕っています」

にこやかに返す耀藍に、紅蘭《こうらん》は片眉を上げる。

「そなたは下町では人気があると聞いておるが？」

「仲良くしてくれる者もありますが、怖《おそ》れられる方が多いかもしれません。オレの異能は、人々には妖術と映るようですので」

自嘲気味に笑んで、卵の入った籠を持って行きかけた耀藍の肩を、ぴしり、と金色の扇子が打った。

「よもや我に嘘をつくのではあるまいな？」

「まさか。そんな命知らずなことしませんよ」

「昨夜は華老師の家へ泊まったのであろう？」

「姉上が期待されるようなことは何もなかったですよ」

「怠慢な態度は見過ごせぬ。父上が伏せっている今、我が蔡家のいっさいを取り仕切っておるのだ。20歳を待たず、そなたを今すぐにでも王の元へ遣わしてもよいのだぞ。わかっているると思うが、王城へ入れば術師は一生、王城から出られぬ。後宮の妃嬪と同じく、籠の中の鳥じゃ」

「だから、嘘なんかついてませんってば」

耀藍は少しだけうんざりした様子で言った。

「今のところあの娘に変わったことは何もありません。しいて言えば……料理が上手いことですかね」

「は？　なんと？」

「すみません、急ぐので失礼します。何かあれば必ずご報告に上がるのでご安心を」

紅蘭が呼び止めたが、耀藍は小走りに庭院を抜けていってしまった。

第十四話　食堂の初調理とよぎる不安

明梓《めいし》も耀藍《ようらん》もいなくなり、一人になった香織《こうしょく》は、襷で袖をくくった。

「さあ、食堂のお惣菜を作るわ！　まずは大根の下ごしらえからね」

大根の葉と本体を切り分ける。

本体をもう一度よく洗って、上部、中部、下部に切り分ける。

「上は生でサラダかな。真ん中は煮物で……下を使おう」

下部を三つほどに切り分け、皮をむいていく。

香織は大根の皮を厚めにむく。

三ミリほどの厚さでむいて、皮もとっておく。

皮は人参《にんじん》や油揚げと一緒に、きんぴらにするのだ。

前世、ゴボウが嫌いな智樹にきんぴらを食べさせるために考えた作戦だ。以来、香織のきんぴらといえばゴボウの代わりに大根の皮を使う。

皮をむいた後の大根を、三センチ角に切る。

鍋にたっぷりの水と切った大根、昆布を入れて火にかける。

「この世界にも昆布とかかつお節があってよかったわ」

出汁は大事だと香織は思っている。

「でも、昆布とかかつお節があるってことは、海があるってことよね」

異世界の海というのはどんなものか、見てみたい気もする。

そんなことを考えていると、もう一つの火の口にかけていた鍋が沸騰した。

そこに塩を一つまみ、大根の葉を投入し、沸騰した湯の中で良い色になるまで泳がせる。

美しい緑色になったら引き上げて、手早く水にさらす。

しぼったら刻む。このとき、生姜も一緒に刻む。

「生姜とかニンニクもあってよかったわ」

出汁と同じく、薬味も大事だ。前世でもネギやニンニクや生姜は、家計が苦しくても
なんとか手に入れるようにしていた。

華《か》老師は生姜を薬作りにも使うようで、大量の生姜が薬を作る部屋に置いてあり、その一部を厨へ持ってきていた。

刻んだ大根葉と生姜を大きな器に入れ、そこに塩を大匙《おおさじ》一杯ほど入れ、よく混ぜてよく揉《も》む。

大根葉と生姜が混ざり合い、塩がなじんできたら――完成だ。


「大根葉と生姜の浅漬け、できあがり！」


香織は大根の鍋を見る。ふつふつと沸騰する直前の鍋から昆布を引き上げる。

「耀藍様があんなに佃煮を気に入るなんてね」

佃煮は日本人にしか通用しない食品かと思っていたので、ちょっとうれしい。

麗しい顔が幸せそうにほころんでいたのを思い出し、香織は昆布の水気を丁寧に拭いて脇によけておいた。

沸騰した鍋の火加減を調整し、今度は細かく裂いた干し肉を入れる。

明梓から何の肉か聞かなかったが、ささみジャーキーに似ている。

鍋に入れたとたんに、とても良い香りが上がってきた。

「ははあ……お肉にたくさん香辛料が使ってあるのね」

胡椒《こしょう》の粒のような物はすぐ目に付いたが、他にも八角のような爽やかな香りが漂ってくる。

「すごく良い香りだわ。明梓さんに何を使っているのか今度ぜひ聞かなくちゃ」

もしかしたら異世界特有の未知の香辛料かもしれない。そう考えるとなんだかワクワクする。

「なんだかとてもいい匂いがしているぞ」

振り向くと耀藍が鼻をくんくんさせて立っていた。

「耀藍様！　な、なんですか、その籠」

耀藍は大きな籠をぶら下げていた。こんもりと盛り上がった籠には布がかかっている。

「食材だ。実家の厨からもらってきた。これで何か作ってくれ」

アクアマリンの瞳がさらにきらめく。香織は布を取って、あっ、と声を上げた。

「卵じゃないですか。これ、鶏の卵ですか？」

「ああ、実家の敷地内に鶏を飼っているからな。そこから調達するらしい」

（うみたて卵だわ……！）

涎《よだれ》が出そうになる。うみたて卵といえば、前世、結衣《ゆい》が大好きだったＴＫＧ――たまごかけご飯。

しかしこちらの世界の卵の衛生管理がわからないので、生食は避けよう。

（ＴＫＧがダメなら……）

そのとき、こんにちはーと可愛らしい声が重なった。

「こんにちは」

香織は入ってきた二人の子どもの前にしゃがむ。8歳くらいの男の子と、6歳くらいの女の子だ。男の子は守るように女の子の手を握っている。兄妹《きょうだい》だろう。日に焼けた面差しが似ていた。

「母ちゃんに言われて来たんだ。今日はここでお昼食べな、って」

「明梓さんのお子さんなのね？」

二人は頷く。男の子はまっすぐ香織を見た。強い眼差しが明梓に似ている。

「おれは勇史《ゆうし》、妹は鈴々《りんりん》だよ」

「わたしはかお……コホン、香織《こうしょく》っていうの。ここで近所の人たちに食べてもらえるご飯を作っているのよ。だから何も心配しないでね。さ、あそこに座って」

土間の縁に腰掛けさせると、二人はいくぶん緊張を解いたようだ。

そのとき、耀藍が上ずった声で叫んだ。

「お、おい、香織。鍋がっ、鍋がなんだかぶくぶくいってるぞ！」

「ああっ、いけないいけない」

急いで火加減をみる。ガスじゃないので火加減の調整がなかなか大変だ。米を炊いている鍋が噴いていたのだ。

「あれっ、耀藍様だ」

勇史が目を丸くした。

「昼が朝だって言ってる耀藍様がこんな昼前の時間に出歩いているなんて、どうしたんだ？」

香織は苦笑した。やはり耀藍は朝が弱いらしい。昼が朝って……相当だ。

「うむ、オレも香織の作ったご飯を食べようと思ってな。もちろんタダ食いじゃないぞ。ちゃんと食材も持ってきた」

耀藍が指した籠をみて、兄妹は目を輝かせる。

「うわあ、卵だ！」

その二人の顔を見て、香織は卵で作るものを決めた。

（甘めの卵焼きに決まりね）

智樹《ともき》と結衣、二人の小さい頃を思い出したのだ。

甘めの卵焼きが、二人はとても好きだった。目の前の勇史と鈴々のように目を輝かせていた。

――そういえば、二人はどうしているだろう。

ふ、とそんなことが脳裏をよぎる。

ちゃんとご飯を食べられているのだろうか。

「おいっ、香織！　ま、また、な、鍋がっ、鍋がぶくぶくとっ」

「え?!　ああはいはい！」

どうやらお米ももうすぐ炊ける。あとは火から下ろして蒸らすだけだ。

耀藍の反応がおかしくて笑ってしまったのと鍋を火から下ろす作業でバタバタして、香織は脳裏によぎった不安のことを忘れてしまった。

第十五話　甘めの卵焼きと鋭いツッコミ

「さあ、これを先に食べててね。大根と干し肉の汁物と、大根葉の浅漬けよ」

勇史《ゆうし》と鈴々《りんりん》に白い炊きたてご飯と一緒にそれらを出すと、二人はぱっと顔を輝かせた。

「いただきますっ」

よほどお腹が空いていたのか、すぐに箸を取って食べ始める。

「ちょっと待っててね、もう少しでこっちもできるから！」

卵焼きの具合を見る。もう少しで焼けそうだ。

前世、我が家の卵焼きは甘かった。

香織《こうしょく》はどちらかというと出汁巻き卵や中華風卵焼きのようなしょっぱい卵焼きが好みだが、夫と子どもたちは甘めの卵焼きを好んだ。

だから自然と「我が家の卵焼きは甘め」となった。

甘めの卵焼きを作るには、けっこう驚くくらいの砂糖を投入する。

そうしないとしっかり「甘め」にならない。

香織の場合、卵の数だけ小匙軽く一杯の砂糖、が基本だ。

今、卵を六つ割ったので、小匙に見立てた匙で砂糖を六杯すくう。

本当はここに調理酒と出汁汁を入れるのだが、調理酒が見当たらないので出汁汁として大根と干し肉の汁物の汁を少しだけ入れる。

そうして作った卵液を、さっきから鍋を動かしつつ焼いているのだった。

前世と違い火加減が難しいうえに卵焼き器じゃないので、この場から離れられない。

ちらと土間をのぞけば勇史も鈴々もしっかりしたもので、上手にこぼさず食べている。むしろ手がかかるのは——卵焼きを焼いている香織の周囲をうろうろする麗人だ。

「なにやらいい匂いがしているが、オレにはご飯くれないのか？」

「耀藍《ようらん》様、さっき朝ごはん食べたじゃないですか！」

「良い匂いがすると腹が減るのだ。オレにも彼らと同じ物をくれ」

はいはい、と言いつつ卵焼きを作るのに忙しい香織は聞き流していたが、耀藍はオヤツをねだる猫のように香織の周りにいつまでもまとわりついて「ご飯くれ」とせがむ。

「もうっ、いい大人なのに子どもですか?!」

「大人でも腹は減るぞ」

「わかりましたから！　立ったままなんてお行儀悪いでしょう。あちらに座ってください！」

「やったー」

怒られているというのに、耀藍は喜々として勇史と鈴々の隣に座った。

こんがりと卵焼きも焼けたので、それを切り分けて大き目の皿にのせて、耀藍のご飯と汁物と一緒に三人のところまで運んだ。

「うわあ、卵焼きだ！」

三人はうれしそうに顔を輝かす。

「アレルギーとか大丈夫？」

三人はきょとん、とした。

「あれるぎー？」

「あれるぎーとはなんだ、香織」

香織はしまった、と思う。そうだここは異世界。アレルギーという言葉は通じないようだ。

「ええと、つまり……卵を食べて具合が悪くなったりしないか、ってこと」

「ああ、それなら大丈夫だ」

「俺も大丈夫。鈴々も大丈夫だよ」

「そっか、よかった。じゃあどうぞ召し上がれ」

三人は卵焼きを一口食べて目を丸くした。

「甘い」

「あまいね」

「甘い卵焼きなど、初めて食べた……」

三人の反応に「しまった、ダメだったか」と落胆しかけたが、次の瞬間、耀藍が叫んだ。

「なんなのだこれは……すごく美味いぞ!!」

三人は奪い合うように卵焼きに箸を伸ばし、最後の一切れはジャンケンで（ジャンケンはこちらの世界にもあった！）勝った鈴々がほっぺたをぱんぱんに丸くして食べ、あっという間に全部なくなった。

約一名、大人なのに地団太を踏んでいる麗人をのぞけば、二人はニコニコととても満足そうだ。

「とっても美味しかったよ。ごちそうさま」

かわいらしい兄妹二人は揃って手を合わせる。

「母ちゃんの言ってた通りだった。香織の作るご飯、美味しいね」

「おいしいね」

「よかった。また食べにきてね」

香織がしゃがんで目線を合わせると、二人はうれしそうに頷いて帰っていった。

小さな二つの影を見送っていた香織は、はあ、と息を吐いて振り向く。

「いいかげん、機嫌なおしたらいかがですか耀藍様」

土間の隅で膝を抱えていじけている大きな背中に問いかける。

「うう、だって……だって、オレの卵焼きがっ……」

「もう。そんなにがっかりするなら、また作りますから」

なにしろ耀藍は籠いっぱいに卵を持ってきてくれている。まだまだたくさんある。

「本当か?!」

「本当です。だからもういじけるのはやめてください」

「いじけてない……ううっ、ありがとう香織」

耀藍が香織の肩をがし、と両手でつかんだ。アクアマリンの瞳がじっと香織をのぞきこむ。

「な、なんですか」

さらりとこぼれた月光のような銀色の髪が、香織の鼻先をかすめる。

「香織ってなんだか……」

「な、なんだか?」

「……お母さん、みたいだな」

ぎく。

心臓が飛び出そうになる。

意外と鋭い耀藍様……いやいや！　今のわたしは推定16歳の少女だから！

「な、ななに をおっしゃいますか耀藍様！　こんなうら若き乙女をつかまえて！」

うら若き乙女、って言い回しがオバサンぽい！ うう、ミスったか。

「いやもちろん、香織は乙女だが」

「そーそそそーでしょうとも！」

「芭帝国《ばていこく》後宮の女人というのは、皆、そういう母性を持っているのか？」

一瞬、頭が真っ白になる。

（なぜそれを⁉）

首の後ろの印のことは華老師と香織以外、知らないはず。

「なななんのことでしょうか……！」

我ながら声が裏返っている。

ふふふ、と耀藍《ようらん》がふざけるように香織《こうしょく》を肘でぐいぐい押した。

「オレに異能があるのは知っているだろう。黙っててもわかってしまうのだ、これが。

例えば、人の素性とかな」

「ほ、ほんとうですか⁉」

耀藍の言うことを真正面からすべて信じた香織は、動揺を隠せない。

（テレビでしか見たことのない本物の超能力者がここにっ……！）

神秘的なアクアマリンの瞳が笑い含みに香織を見ている。

（それにしても異世界で本物の超能力者に会うなんて。いや、異世界だからか）

香織は周囲に人がいないことを確認し、耀藍の袍の裾を引いた。

「ぜっったいに誰にも言わないでくださいっ。そのことは、華《か》老師しか知らないんですからっ」

「……へえ、そうなのか？」

意外そうに耀藍は眉を上げる。香織は観念した。間諜という疑いを晴らすためにもちゃんと話した方がいい。

「それが、わたしにもよくわからないんです。ていうかわたし、実は自分がどこの誰かもまったく覚えてないんです」

前世の記憶はあるんですけどね、という言葉は飲みこむ。

「記憶喪失、ということか？」

「ええ……たぶん。気が付いたら華老師と小英《しょうえい》に助けてもらっていたんです。なんで馬車に轢かれていたのかもわからなくて」

耀藍はまじまじと香織を見た。銀色の長い睫毛《まつげ》がぱたぱたと瞬《またた》く。

「あの……？」

「いや、わかった。香織が嘘を言ってないことはわかる。——異能者だから」

「はあ……便利ですね、異能って」

まあな、と言って耀藍は戸口へ向かった。

「耀藍様？」

「おいしいお昼をごちそうさま。ちょっと用事を思い出したから、実家に行ってくる。夕飯には戻るからよろしく」

「は、はい、いってらっしゃいませ」

耀藍が出ていくのと入れ違いで、三人の男が入ってきた。野良仕事をしてきたのか、担いできた鍬《くわ》を戸口に立てかけて手拭で顔を拭いている。

「よお、あんたがここで食堂を始めたっていう娘さんかい？ えーと……」

「香織《こうしょく》！ 香織ってんだろ？ 明梓《めいし》に聞いたぜ」

「俺たちもここでメシ食っていいのかい」

（お客さんだ！）

「はいっ、もちろんです！」

香織が張り切って言うと、男たちは土間に立ち込める湯気に鼻をくんくんさせた。

「おー、いい匂いしてんなあ」

「おいらもう腹が減りすぎた」

「さっそくもらっていいかい」

「はいっ、では、あちらへ座って待っててください」

男たちはわいわい言いながら土間の縁に腰掛ける。

香織はもう一度卵焼きの準備をしつつ、大根と干し肉の汁物と大根葉の浅漬けと白飯を男たちに運んだ。

「おおっ、なんか美味そうなものが出てきた！」

「これ大根葉か？　こんな食べ方あるんだな」

「美味い！　うまいねえ」

男たちの反応に、香織はうれしくなる。

「よかったです！　まだありますからね！」

卵焼きを焼いたり、おかわり対応をしているうちに、耀藍との会話のことはすっかり忘れた香織だった。

第十六話　耀藍《ようらん》の報告

蔡家《さいけ》の屋敷の庭院。

耀藍はふらりとどこからともなく現れ、真っすぐに奥の部屋へ向かった。

雹杏《ひょうあん》は所用なのかおらず、耀藍は重厚な扉を軽く叩いて部屋へ入る。

部屋の主は大きな卓子《たくし》に山と積まれた書類に目を通していた。

「本当にそなたはふらりと現れる。我には先触れくらい出せ」

書類から顔も上げずに紅蘭《こうらん》は言った。

「さっき来たと思ったら大量の卵を持ち出してすぐいなくなったのう。今度はなんじゃ。羊でも丸ごと持ち出そうというのか」

「羊はさすがに……まあ食材もまた拝借しますけど、姉上にひとつ、ご報告が」

紅蘭の牡丹《ぼたん》のような艶《あで》やかな顔が書類から上がった。

「ほう。なんだ」

「香織《こうしょく》は、芭帝国《ばていこく》後宮にいた娘のようです」

「なんじゃと？」

紅蘭はっ、と目を細めると立ち上がった。

「座れ」

言われて豪奢な長椅子に座ると、紅蘭が隣にきて、獲物を喰《く》らう肉食獣のような不穏さで耀藍に迫った。

「そなた……もしやとは思うが、あの娘に手を出してないじゃろうな？」

「はあ?!　ま、まさか！　なんでそういう話に」

「ではなぜ後宮にいたとわかった？　後宮の妃嬪が施される、身体の刺青を見たからではないのかえ？　つまりあの娘の肌に触れたと、そういうことでは――」

「な、なに言ってるんですか！　断じてちがいますから!!」

自分でも思いのほか動揺していることに耀藍は驚く。

その動揺を見て、さらに紅蘭は眉をひそめた。

「本当かえ？　わかっていると思うが、術師は王族の王女《ひめ》を娶《めと》るのが習わし。閨《ねや》の手ほどきを除き、王城に入る前に他の女人と通じることは術師にとっては死罪に値するのだぞ？」

「わ、わかってますって」

耀藍はホッと息を吐く。

美味しい料理を作る香織に必要以上に執着している自分に気付かれたかと思ったが、姉の心配はそっち、か。

「別に寝所を共にしたからわかったわけじゃないですよ。ちょっとカマをかけただけです。そうしたら、あっさり認めました。自分はどうやら芭帝国後宮から来たらしい、と」

「どうやら、というのはどういうことじゃ」

「彼女は、記憶を失ってしまったらしいのです」

紅蘭は眉を寄せた。

「我にもそう言っておったが……本当なのか？　芝居じゃないのか？」

「いや、あれは芝居じゃないですね。色が見えなかった」

香織に言ったこと――見るだけで人の素性がわかる、などというのはウソだが、耀藍には、人の感情が色になって見える。嘘をつくとき、その人を取り巻く色は灰色に霞《かす》むのだが。

「少なくとも、彼女が記憶喪失で、どうやら芭帝国後宮から逃れてきた娘だということは事実みたいです」

耀藍はにっこりと姉に笑みを返す。すべてを報告していないことを悟られないために。

「……わかった」

紅蘭は細い指で扇子を弄《いら》い、耀藍を見上げた。

「芭帝国は今、内乱の最中じゃ。我が呉陽国《ごようこく》にも難民が多く流れてきているし、王は難民をお受け入れになる御意向だ。であるから芭帝国の難民であることは問題ないが、芭帝国の後宮にいた娘だ、というところは大問題じゃ。わかっておろうな？」

「もちろんですよ」

芭帝国皇帝の後宮内での香織の身分によっては、両国の争いの火種になり得る。

「位の高い妃嬪でも問題だし、妃嬪に仕えていた間諜であればもっと厄介じゃ。やはり見張りを付けておいてよかった」

「では、引き続き見張りを続行してもよろしいですか？」

「もちろんじゃ。そしてこのことは他言無用。父上にも言うでないぞ」

「わかってますよ」

「怪しい動きがあれば、即刻報告せよ」

「はい」

そう言いつつ紅蘭の室を後にした耀藍は内心ホッとする。

(姉上にバレなくてよかった)

姉は自分のように異能者ではないが、妙に勘が鋭い。気付かれれば話そうと思っていた。

(香織はおそらく、何かを隠している)

彼女は嘘は言っていない。しかし、何か人に言えない大きなものを抱えている。

そういう色が見えた。

そして直感だが、それは姉が心配するような事柄ではないような気がした。何かもっと個人的な事情のように思える。

そこに耀藍も興味を持った。これも耀藍の個人的事情だ。

だから紅蘭に黙っていた。

(これでひとまず姉上を安心させられたし、見張りも続行だ。今後、一緒にいるうちに聞き出せる機会もあるだろう)

くるくると厨でよく働く香織の姿を思い出して思わず笑みがこぼれる。

「羊か……羊小屋から本当に連れていったら、香織は何を作ってくれるだろうか」

自然と鼻歌がこぼれる。

もともと食べることは大好きだが、ご飯の時間がこんなに楽しみなのは生まれて初めてかもしれない。

第十七話 ギリギリの母たちへ

三人の農夫たちと入れ替わりに、今度は賑《にぎ》やかな笑い声が入ってきた。

「あんたが香織《こうしょく》かい？」

明梓《めいし》と同年くらいだろう。やはり農作業をしてきたらしい女たちがどやどやと戸口に集まってきた。

皆、小さな子どもを連れている。小さい子の手を引きながら、赤ちゃんをおんぶしているたくましい女性も数人いた。

「明梓に聞いたんだ。ここでお昼ごはん食べさせてくれるってね」

「はい、そうなんです。もう食べられるので、どうぞ入ってください」

しかし女たちは気まずそうに顔を見合わせた。

「でも、本当にいいのかい？　あたしら、ほら……見ての通りの子連れだからさ」

子連れ、というのを女性たちは気にしているようだ。

その遠慮がちな姿を見て、香織は胸がきゅんとなった。

（懐かしいな。わたしもこんな時があったな……）

智樹《ともき》と結衣《ゆい》が小さい頃は、どこへ出かけるのにも気を使った。お店へ入ったとたんに二人がケンカしたりどちらかがぐずって泣き出したりすると周囲の冷たい視線が突き刺さり、いたたまれずに店を出ることもよくあった。

小さい子連れというのは、とにかく肩身が狭い。

そして、小さい子を育てている母というのは、周囲が思っている以上にストレスが溜まっている。

そこで自力でストレスを解消しようとするわけだが、解消しようとした先で冷たい視線に合うので、結局ストレスを抱えたままギリギリの精神状態で生きていくことになる。

目の前の女たちは、まさにそういうギリギリな女たちだ。

（あの頃のわたしだったら、何を願うだろう）

小さい我が子の子育てに疲れていたあの頃、何を願っていただろう。

少し考えて、香織は大きく息を吸いこんで言った。

「だいじょうぶですよ！」

女たちはきょとん、としている。

「子連れ大歓迎です。ここは誰でも気軽に立ち寄れる近所の食堂ですから！」

香織の笑顔を見て、女たちは歓声を上げた。

「ありがたいねえ」

「じゃあ、さっそくおじゃまして」

どやどやと七組の親子が入ってくる。扉の脇で荷物を下ろすが、そんなどうということもない行動すら小さい子がいるとままならない。小さい子どもというのは思い通りに動いてくれないし、言っても聞いてくれないのが当たり前と思っていたほうがいい。

「ほらっ、そっち行くんじゃないよっ」

「ここに荷物を置くんだよっ」

母たちは懸命に怒鳴るが、子どもたちはちょこまかと動き回る。

香織は一番大きな、リーダー格の男の子をやんわりと抱きとめた。

「な、なんだよ放せよ！」

「わたし、香織っていうの。あなたは？」

「か、櫂兎《かいと》だよ」

かっこいい名前だね、などと言いながら男の子を洗い場にいざなう。目論見《もくろみ》通り、男の子の後から他の子たちが付いてきた。

「ほら、ここにお水が出てるでしょ、冷たくて気持ちいいよ〜」

香織は優しく耀兎の手を取って水に手を浸す。

「あっ、ほんとだ！　冷たい！」

耀兎はうれしそうに自分から水に手を浸す。しめしめ、と思いつつにっこり笑った。

「ほら、手に泥がついているから流しちゃおうか。手がきれいになった人から、あっちでご飯を食べまーす」

そう言うと、耀兎の後ろにいた4、5歳の子たちは我先にと手を洗い出す。それを見て、2、3歳の子たちは兄・姉の真似《まね》をして手を洗う。

「あんた、若いのに子どもを扱うのがうまいねえ」

母たちはしきりに感心している。

（いやいや、年の功ですよ）

香織は苦笑する。彼女たちは、せいぜい30代に届いているかいないかといったところだ。前世で言えば、香織にとっては遠い存在になりつつあった今どきの幼稚園・保育園ママだ。

土間の縁にぎゅうぎゅうになりながらも全員が座れたところで食事を運ぶ。

「上のお子さんのご飯、わたし手伝いますね」

赤ちゃんをおんぶしている母たちの上の子の食事介助を香織は引き受けた。

「……ありがとう」

しばらくして、赤ちゃんをおんぶした母の一人がぽつりと呟いた。

「温かい汁物を、久しぶりに食べれたわ」

それを聞いて、他の母たちもしきりに頷く。

「そうだよねえ、子どもに食べさせなくちゃいけないから、自分のご飯なんて冷めてるもんね」

「あたしもここ数年、できたてのご飯って食べてなかった。あ、でもさ、できたてだからってわけじゃなくて、あんたの作ったこの汁物とか浅漬け、とっても美味しいよ」

「ありがとうございます。卵焼きもありますよ！」

さっきから何度か作っているので、慣れてきて手際がよくなった。卵焼き器のようにはいかないが、鍋をゆすりながら菜箸《さいばし》で寄せていくと、卵液はなんとか細長い形になってくれる。

それを包丁で一口ずつに切って出す。

「わあ、母ちゃん、これ甘いよ！」

「甘くておいしい！」

「あれ本当だ。甘いけど、不思議と白飯にも合うねえ」

できたての甘めの卵焼きを出すと、母たちだけでなく子どもたちも大喜びであっという間になくなった。

「こんなにゆっくりとご飯を味わったのっていつぶりだろうねえ」

母たちの満足そうな表情を見て、香織も胸がいっぱいになる。

あの頃の自分が願ったことを若い母たちにしてあげられてよかった。

――そう思って、ハッとする。

(うすうす、気付いてた)

かつての子育てのストレスが、恨みとして香織の中に残っていることに。

月日を追うごとにあの頃の自分や自分の子育てを遠くから見られるようになって、あんなこともあったなあ、子どもたちも大きくなったなあ、と感慨にふけって消えていく恨みもあるけれど、残る恨みもある。

あったことに、今、気付いた。

あの頃の自分が願っていたことをあの頃の自分と同じ状況にいる人たちにしてあげられたことで、恨みが解消したから。

――あの頃の恨みが、成仏できたんだ。

口々にお礼を言っていく母たちに、香織は深々と頭を下げる。

(感謝すべきは、わたしの方だわ)

この異世界に転生しなかったら、香織の中の子育ての恨みは澱《おり》のようにどろどろと溜まり続けて腐ったかもしれない。

ふと、自分の中にあったどろどろの負の感情を前世で解決できていたらどうなっていただろう、と思う。

――もし、あの澱のような負の感情を夫に向けることができていたら？

もちろん大喧嘩《げんか》や言い争いなど、不快な状況は避けられなかったはず。

それでも、香織は気付いてしまった。いや、本当は気付いていた。見て見ないふりをしていた。

衝突や不快な状況の向こう側に見えたかもしれない、新しい景色を。

冷え切った夫との関係を、やり直せたかもしれないという可能性を。

そうしたら、智樹や結衣も、もう少しちがった顔を見せてくれていたかもしれない。

(変われなかったわたしも悪かったんだ)

日々の生活の忙しさを言い訳にして、一歩を踏み出せなかった。

(智樹、結衣、パパ……変われなかったママを許してね)

そう思ったとき、前世のことにはもう手が届かないという事実を突きつけられた気がした。

この異世界で香織の作った料理を美味しいと食べてくれる人たちがいるということは、

もう元の世界には帰れない、ということの証だ。

トラックに轢かれた香織は、まちがいなく死亡したのだ。

「織田川《おだがわ》香織《かおり》というわたしは、もういないんだ……」

ぐちゃぐちゃになった思考が、目から熱いものとなって溢れた。

嫌だ、と思う自分がいる。あんなにも息のつまる生活は二度としたくない、と。

それでも。

「智樹、結衣……」

子どもたちに会いたい。

冷え切った仲の夫のことすら、心配でたまらない。

智樹は、結衣は、夫は、ちゃんとご飯を食べているだろうか、掃除は、洗濯は、家の中はちゃんと回っているだろうか。

今すぐ飛んで行って確認したい。子どもたちや夫がお腹を空かせていたら、困っていたら、いつも通り家事をこなして安心させてあげたい。

いっそ幽霊にでもなれれば、と思う。

しかし、転生した自分は幽霊になることも叶わない。

「――香織？」とのぞきこまれて、ハッと我に返った。小英《しょうえい》が目を丸くしている。

「ど、どうしたんだ？　何かあったのか？」

見れば、華老師も戸口に立って、心配そうにこちらを見ていた。

「往診が早く終わってのう。わしらが留守の間に、何か困ったことがあったかの？」

「い、いいえ！ そんなことは」

あわてて前掛けで顔を拭うと、小英の小さな手が香織の手を引いて土間縁に座らせた。

「まったく、だから無理するなって言ったのに。きっと疲れているんだよ、香織は。昼メシまだなんだろ？ おれが準備するから一緒に食べよう」

「でも」

「いいからいいから、座ってろって。って言っても、メシ作ってくれたのは香織だけどな」

悪戯《いたずら》っ子のように小英がぺろりと舌を出したのを見て、香織はふ、と思わず微笑む。

――泣いていては駄目だ。

泣いても生き返ることはできない。前世に戻ることはできない。わたしが生きているのは、今この瞬間、この異世界。

ここには、わたしを大事にしてくれる人たちがいる。わたしが作った料理を美味しいと言ってくれる人たちがいる。

――わたしは、本当の意味で生まれ変わろう。

香織はそっと目尻をぬぐい、口を引き結んだ。

乾いて冷たかった家族との日々に切なくなる気持ち、そんな家族のことが心配で愛《いと》しくて会いたいと思う気持ち。矛盾する二つの気持ちを、この先も何かにつけて思い出すだろう。

それでも前に進んでいかなくては。

前世では変われなかった自分を変えるために。

——この世界で日々、せいいっぱいできることをやろう。そうしたらきっと、わたしは変われる。そう信じて……。

香織は誓う。この異世界では、後悔しないようにする。前世に残してきた家族のためにも。

第三章　花街

第十八話　異世界の国事情

小英《しょうえい》が鍋を温め直してくれている間に、香織《こうしょく》はすっかり落ち着いた。

「小英、ありがとう。代わるわ」

「え、でも」

「まだ手や足を洗ってないでしょう。小英と一緒にいただきますがしたいから、早く洗ってきて？」

小英は心配そうだったが、香織の笑顔を見て「うん！」と外の水場へ走っていった。

華《か》老師と小英が身支度をしている間にささっと三人分の食膳を用意する。涙が乾いてしまうと、香織のお腹もぐうぐう鳴っていた。

居間に上がってきた華老師と小英が、食膳を見て顔を輝かせた。

「おお、美味そうじゃな」

華老師は汁を一口すすり、はあー、と長く息を吐く。

「生き返るのう。大根と干し肉の旨味が口いっぱいに広がるのう」

小英は大根葉を白飯と一緒にかきこみ、汁物も豪快にかきこむ。育ち盛りなんだなあ、と香織は微笑ましく思った。

「老師、この大根、干し肉の旨味がとっても染みてて美味しいですよ！」

「うむ、この旨味は干し肉だけではあるまい。昆布かな？」

「はい、華老師さすがです！」

昆布出汁を使ったことに気付いてもらえてうれしい。昆布は貴重そうだったので、ほんの少ししか使わなかったからだ。

香織は調理しながら疑問に思ったことを口にした。

「あの、華老師。昆布があるってことは、この国には海があるってことですよね……？」

華老師は朗らかに笑った。小英はのどを詰まらせそうになってあわてて水を飲んでいる。

「なんじゃ、その辺りのことも忘れてしもうたのか」

「呉陽国《ごようこく》に海って……華老師、やっぱり香織、当たりどころが悪かったんじゃないですか？　なあ香織、やっぱり蔡家《さいけ》に大怪我だって申し立てて賠償金をもらった方がいいよ」

「えっ、だ、大丈夫よ！」

トラックや馬車に轢かれた痛みはほとんどなかった。死んでしまったことはショックではあるが、それは自分が「死」を予定より早く迎えたことによるものだ。

むしろ、秘かに転生できたことを喜んでいる自分がいる。こうして調理した物を美味しいと言ってもらえて、それが誰かの役に立っているのだから。

昼間にお昼を食べに来てくれた人たちの笑顔を思い出すと、心から感謝の気持ちがわいてくる。

ちゃんと生きている、という実感がある。

それに——前世で変われなかった自分にも、転生したからこそ気付けたのだ。

「それなのに賠償金なんて、とんでもないです！」

「それなのに、って……どこかどう話が繋がってるのかわからないけど、蔡家は大貴族五家の一つのとんでもない大金持ちだから、賠償金くらい言えばたくさんくれると思うぜ？」

「大貴族五家？」

「ほんとうに何も覚えておらんのじゃな。では、ちいとだけこの国のことや周辺諸国のことを話そうかのう」

華老師は口の中の物を飲み込んでから話し始めた。

「さっきの昆布、あれがやってくるのは東峰国《とうほうこく》じゃ。東峰国は海に面しておって、我が国の海産物と塩は東峰国から運ばれてくる。東峰国は小さな国じゃが、海の幸に恵まれており、周辺諸国との交易で栄えておる。海産物と塩は我ら内陸の国々にとっては欠かせないものじゃからのう。

しかし、このところ東峰国からの海産物と塩が、こちらに流れにくくなっておってのう。それが、おまえさんがこの呉陽国に流れてきたことと関係がある」

あ、と香織は思い当たる。

「内乱があった、って言ってましたよね……？」

「その通りじゃ。風の噂によれば、大国・芭帝国《ばていこく》で皇位継承をめぐって争いが起きたと聞く。皇位継承なんぞ、民には雲の上の話じゃが、とばっちりを喰うのは弱き貧しき民じゃ。芭帝国と呉陽国との間には山脈と大河があるんじゃが、それを越えて芭帝国の民は命からがら、着の身着のまま逃れてきておる。可哀そうなことじゃ」

「香織もそのかわいそうな民の一人だろ。でも、香織は良い衣装着ていたから、きっと貴族とか大商家の娘かもしれないよな。そんな身分の人たちまで着の身着のまま逃げてくるなんて、芭帝国はよっぽど大変なことになってるんだろうな」

小英が神妙な面持ちで言った。

華老師と目が合う。どうやら、香織が芭帝国の後宮にいたらしいことは小英には話してないようだ。

「ふむ。そうじゃな。香織のようにとばっちりを食った者が本当に哀れじゃ。呉陽国の王もそう思《おぼ》し召《め》したのか、芭帝国からの避難民は受け入れよとの寛容な仰せでな。だから、避難民だとどこかで知られたところで咎められることはない。その辺は安心しなされ」

「はい、ありがとうございます」

「まあ、避難民を受け入れれば、芭帝国へ流れてしまっている物資もこちらへ流れやすくなるのでは、と大貴族五家の一つ、範家《はんけ》が進言したからであろうがな」

「範家？」

「大貴族五家のうち、交易や商いを手広く扱っている家だよ。華老師が範家の御隠居の往診に行ってるから、その辺のことを耳にしたんだ」

華老師は蔡家へもこっそり薬を渡していることといい、医師として評判がいいらしい。

なぜか香織は自分のことのように誇らしく思った。

「商いの範家、学問の李家《りけ》と何家《かけ》、武門の楊家《ようけ》、そして異能の蔡家《さいけ》。これ呉陽国王家を支える五つの家じゃ。この国は、王以外のこうした貴族が能力と富を持っているが故に、均衡を保ってうまくやっているんじゃよ」

「なるほど……」

帝国、というくらいだから芭帝国は皇帝がすべての権力を握る政治の仕組みなのだろう。だから皇位継承問題で内乱も起きる。

「芭帝国で内乱が起きているせいで、呉陽国への東峰国からの物資が滞っている、でも避難民を受け入れて、その中に商人がいれば、芭帝国から物資を運ぶツテができて、東峰国から物資が来ない状況が少しは改善されるかも、ということですね」

「さよう。現状、呉陽国への塩は、芭帝国から避難してきた商人が命がけで開いた交易の道を通ってくるらしい。かつお節や海藻を食わんでもべつに死なないが、塩は困るでのう」

塩、と聞いて香織は青ざめる思いがした。

（うっかりしてたわ……！）

この異世界、食事情が変わらねど、食の周辺環境は変わるだろう。

戦争や疫病が流行《はや》れば交易が行われなくなったり、物資が滞ったりする、遠い昔に歴史の授業で学んだ世界史や日本史の世界だということだ。

香織が生きていた世界のように、いつでもスーパーやコンビニに行けばなんでも手に入るわけじゃないのだ。

「す、すみません、事情を知らず、昆布とかかつお節とか、塩も……使ってしまいました……」

「ふぉっふぉっふぉ、よいよい。食べ物じゃからな、食わねば腐ってしまう。気にせず、食べればよい」

「でも……」

香織が使うということは、食堂で使うということで、それは華老師と小英二人の分よりもはるかに多くの量の塩を使うことになる。

食材持ち寄りとはいっても、調理する分の塩は華家の台所から出ていくのだ。塵《ちり》も積もればで、この状況を続ければそのうち華家の厨のストックが無くなってしまう。

元・主婦だけに、そのあたりのことが気になりだすと止まらない。

華老師は気にするなと言ってくれるが、人間にとって塩がなくなるのは死活問題。

そして、交易が滞っているということは、塩の値段はものすごく高いはず。

決して裕福そうには見えない近所の人々は、「気持ちだから」と小銭を持ってきてくれる。この上、塩を持ってきてくれとは言えない。

(よし)

香織は決めた。迷いはなかった。

「わたし、お金稼ぎます!」

突然立ち上がった香織に、華老師と小英は目を丸くする。

「まあまあ、落ち着きなされ」

「稼ぐっていつどこでだよ。そんな細くちゃ野良仕事とか土木仕事は雇ってもらえないだろうし、香織、老師とおれが往診に行っている間、ここで食堂やるんだろ?」

「うん。だから、空いた時間に効率良く働くわ」

華老師と小英はあんぐりと口を開けて、それから各々の反応をした。

「香織よ、そなたは軽傷とはいえ馬車に轢かれておったし、何か事情もありそうゆえ、そんなにがんばって働こうとせんでもよいのではないか」

と心配そうな華老師。

「効率良くって……早まるな香織っ。た、たしかにっ、香織の容姿ならきっとその、遊郭とかだって雇ってくれるだろうけどっ。でもダメだっ、遊郭って……その、男が女の人にいやらしいことをする場所なんだろ？」

顔を真っ赤にして止める小英。

二人の反応に香織は微笑んだ。

「ありがとうございます、華老師。でもわたし、こちらに置いていただく以上、何かお役に立ちたいんです。それに、食堂で使う塩なんだから、わたしが調達してくるべきだと思うんです。小英もありがとう。大丈夫よ、いやらしいことされないように働いてみるから」

第十九話　まさかの花街

建安《けんあん》の都の夜は明るかった。

文化水準が前近代レベルだと思っていたので本当に遊郭しかないかと覚悟をしてきたのだが、意外や意外、飲食店や服飾店などの露店が出ていて、人通りも多い。店主も気の好さそうな者ばかりだ。

「よかった。本当に遊郭に行かなきゃダメかなって思ったけど、これなら仕事見つかりそう！」

ほくほくで職探しを始めた香織《こうしょく》だが。

「お願いします！　ここで働かせてください！」

並んでいるお店を片っ端から当たってみたが、相手にされない。

「人手は間に合ってるよ」

「物が入らねえんだ。売り子が増えたってしょうがねえだろ」

断られ続けて気が付けば、店の立ち並ぶ大通りの辻《つじ》まで来ていた。

辻の先にも店が並ぶが、その手前にある朱塗りの巨大な門がとても気になる。

「なんだろう、あのすごく豪華《ごうか》絢爛《けんらん》な感じ……すごく気になるわ」

遠い昔に行った横浜中華街を彷彿《ほうふつ》とさせる朱塗りの巨大な門にはたくさんの提灯《ちょうちん》のような物が掲げられ、金色の装飾がその光を弾いてキラキラと光っている。

「中華街で働いたら、まかないも中華が出てきてレシピが覚えられるかな」

ここは異世界であって、この朱塗りの巨大な門も中華街のシンボルではないのだが――。

香織は大きなかんちがいの元に、うきうきと煌めく光の下をくぐったのだった。

◇

「あ、あれ……？」

くぐってから、香織はハタと足を止める。

「ここってもしかして」

巨大門から続く広い大通りの両側には間口の広い店に大きな飾り提灯を下げた店が並び、その前で若い女たちが艶っぽく道行く男たちに声を掛けている。

「お兄さん、遊んでおいきよ」

「遊んでおいきよ」

男たちにしなだれかかる女たちは派手な衣装に濃い化粧の、しかし美しい女たちばかり。

振り返れば、香織がくぐってきた門からはたくさんの男たちがそぞろ歩くように入ってきて、店から店へとふらふら歩き、店先の美しい女たちとじゃれ合い、あちこちで嬌声《きょうせい》が上がっている。

どこからともなく三味線なのかお琴なのか、風流な楽の音も聞こえてきて、ここが普通の商店街ではないことを強調していた。

「ここ、花街だわ！」

小英《しょうえい》の心配そうな顔が脳裏に浮かんだ。

「も、もどらなきゃ」

すぐに回れ右して引き返そうとする。しかし今の香織は華奢《きゃしゃ》な16歳ほどの少女、人波を押し返すパワーが足りない。戻るどころか逆に酔った男たちの勢いに押されて、赤い門はどんどん遠ざかっていく。

「きゃ⁈」

どん、と衝撃があって、香織は地面に転んだ。

「いてぇっ」

だみ声を見上げれば、香織とぶつかったらしい太った男が、金色にてらてら光る袍の腹を大げさにさすっている。

「いてえじゃねえかっ、気を付けろっ」

「す、すみません」

「んあ？」

太った男は酔って赤黒くなったナマズのような顔をにゅう、と香織に近付けて、にやりと口元を歪《ゆが》めた。

「よく見りゃ上玉じゃねえか。おまえ、どこの店の娘だ」

「えっ、いや、あのわたしはお店のお姉さんではなくてですね」

「まあどっちでもいいわい。良い拾いもんしたなあ」

グローブのような手が香織の腕をわしっとつかんだ。

「は、放してくださいっ」

「なんだてめえ、俺様を誰だと思ってんだ。建安の魯達《ろたつ》と言やあ、泣く子も黙る交易商の総元締めだぜ」

（コウエキショウノソウモトジメ⁇　ど、どうしよう！　なんかよくわからないけどヤバい人にぶつかっちゃったみたい……！）

「諦めな、お嬢ちゃん。お頭に気に入られたら逃げられねえよ。まあ、悪いようにはされねえから」

魯達とかいう男が太すぎて気付かなかったが、巨体の脇に二人、目つきの鋭いいかにもSPという雰囲気の男が二人、付いている。

「さあ景気よく行くぜっ、飲み直しだあ！」

魯達は上機嫌で香織をぐんぐん引っぱっていく。

「えっ、いやあのっ、困りますってほんと！　わたし仕事を探さないといけなくて！」

「おう、だから俺様の酌をしろってんだ」

「いやだからわたしはお店のお姉さんではなくて！」

「ごちゃごちゃうるせえなあ」

魯達はひょい、と香織を肩に担ぐとそのまま花街の奥へ向かってのっしのっしと歩いていく。

「降ろしてーっ、誰か助けてーっ」

香織は必死に叫んだが、道行く人々は面白い見世物のように笑って見ているだけ。

男女のことに口出しするのは無粋というもの。それが建安の花街の流儀だった。

第二十話　吉兆楼《きっちょうろう》

魯《ろ》達《たつ》がやってきたのは、花街目抜き通りのつきあたり、ひと際豪奢で大きな構えの店が立ち並ぶ一角にそびえる店だった。

玄関口の両脇に立つ金剛力士像のような男たちが、魯達を見てさっと道を開ける。

「おう、じゃまするぜ」

魯達が入った途端に、その場にずらりと居並んでいた美女が一斉にひれ伏した。

「いらっしゃいませ」

(こ、ここ玄関よね？ 前世の我が家のリビングよりも広いんですけど……！)

魯達に担がれたまま、金色の装飾や磨かれた床や魯達一行をかいがいしく迎え入れる美女たちを観察していた香織《こうしょく》は、ふと正面の階段脇の大きな額縁に目を向ける。

『吉兆楼』

と書かれているように見えた。

あそこに飾られている巨大な壺《つぼ》はいったいいくらなのかしらなどと思っていると、正面階段から濃い紫色の衣装に髪を高く結い上げた女性が下りてきた。

そのたたずまいといい、妖艶な笑みといい、蔡紅蘭《さいこうらん》と並ぶ極上の美女だ。

「おや、魯会長じゃありませんか。お早いお越しでうれしいですわ。おまけに、可愛らしい御客人をお連れですこと」

魯達は美女を見るなり赤黒い顔をだらしなくゆるめる。

「おうおう、胡蝶《こちょう》じゃねえか。いつみても別嬪《べっぴん》だなあ、おまえは」

「ふふ、ありがとうございます。ですが、そんなに可愛らしい御方がご一緒では、今宵《こよい》はこの胡蝶の出番はございませんわね？」

ちら、と扇子で隠した顔からのぞく視線が、なんとも蠱惑《こわく》的だ。女の香織でさえもドキドキしてしまう。

「そんなこと言うな、胡蝶は別だ。たまには素人娘の酌も一興と思ってな。後で部屋へ来てくれよ」

「はいはい。承知いたしました。では、いつもの御部屋を御用意しますわ」

そのとき、周囲の美女たちから声が上がった。

「胡蝶様、その子、足が汚れているわ」

「おや、そうねえ。ではこちらで足をきれいにしてもらって、それから部屋へおあがりいただきましょうか。魯会長、それでよろしいでしょうか」

「おう、じゃあ先に行くぜ」

「え?! あのっ、ちょっと待ってください！ わたしはお店のお姉さんじゃないって言いましたよね?! わたしは仕事を探しに――って、ちょっと‼」

魯達一行は香織の必死の叫びをまったく聞かず、胡蝶に先導されてのしのしと上へ上がっていってしまった。

とたんに、空気が一変する。

（え、え、なんでなんで？？？）

ものすごい殺気に囲まれる。玄関にいた美女たちが険しい目つきで香織を睨んだ。

「そんなボロを着て、どこから紛れこんできたドブネズミかしら」

美女たちの中でも目立つ、大きな翡翠《ひすい》色の双眸に燃えるような赤い髪の遊女が香織の前に進み出た。

「いったいどんな姑息《こそく》な手段を使って魯達様に取り入ったんだか」

「！」

赤髪翠眼《せきはつすいがん》の少女は、濡《ぬ》れた手拭を香織に向かって投げつけた。美女たちがどっと笑った。

「建安一の妓楼《ぎろう》『吉兆楼』に入るんだから、ちゃんと足をきれいにするのよ」

とたんに周りの美女が口々に言う。

「近付かない方がいいわよ杳々《しんしん》、汚いのがうつるわよ」

「大丈夫よ。このドブネズミがちゃんと足を拭くところを見なくちゃ」

「それもそうねえ。魯達様に取り入ったドブネズミですもの、ズルするかもしれないものね」

「ほらドブネズミ、右足にまだ泥がついているわよ！」

「よく見なさいよドブネズミ、ちょっとでも汚れてたら承知しないわよ」

美女たちに囲まれ、悪態を吐かれながら懸命に足を拭く香織だったが、頭の中では美女たちが思いもよらないことを考えていた。

(この子たち、ちゃんと食べてるのかしら)

美女たちは皆、ガリガリに痩せている。ここは妓楼だし、痩身が美の条件であったりもするだろうから仕方ないのかもしれないが、色とりどりの美しい帯でくびられた腰は折れそうなほど細い。

「拭けたんだったら、早く上がりなさいよ。魯達様をお待たせする気？」

赤髪翠眼の美女、杏々に言われて香織はハッと我に返る。

「す、すみません」

「ドンくさいわね。早くしてよ」

急いで履き物を脱ぎ、磨き抜かれた床に上がった途端――香織は派手に転んだ。

「やだあ、見て、無様なかっこうねえ」

美女たちは手を叩いて笑った。

見れば、杏々の足が香織の歩いた場所に踏み出されている。

足を引っかけられたのだとわかったが、香織の関心はそこではなかった。

(足、細っ)

香織に引っかけられた足は信じられないくらい細い。

（この子たち、遊女だものね。きっと事情があって売られてきた子たちだもの、きっと小さい頃から食糧事情が悪くて、骨自体が細いんだわ。で、遊女だから生活リズムも不規則だし、食べ物にも気を使って……だからこんなに痩せているんだわ）

「ちょっと、なんであたしの足をじろじろ見てんのよ、気持ち悪いわね。早く起き上がんなさいよ」

杏々の細い足が香織の肩を軽く蹴った。

「あ、はい、すみません」

蹴られたことより杏々の足の細さが気になりながら香織は起き上がった。そんな香織を杏々は睨みつける。

「へ、ヘンな子ねっ。あたしが叱られるから早く歩いてよっ」

すたすたと先を歩く細い背中に、香織はおとなしくついていった。

階段は長いが、杏々は慣れているのかさっさと上っていく。

（前世だったら、とっくに息切れしてるわ）

身体が若いっていい、と思いつつ、香織は前を歩く杏々に聞いてみた。

「あの、杏々さんはおいくつなんですか？」

途端にキッと睨まれる。

「あんた、ほんとに礼儀知らずねっ。妓女《ぎじょ》に年齢聞くとか、正気⁈」

「す、すみません」

「イラつくから話しかけないでっ」

「は、はい」

仕方なく、後は黙々と階段を上った。

五階ほど登ったところで階段が無くなった。他の階よりも静かなその階の、大輪の花が描かれた引き戸の前で杏々が立ち止まる。

「杏々です。魯達様の御客様《おきやくさま》をお連れしました」

「おう、入れ入れ」

「失礼します」

す、と優雅に開けられた引き戸から、どん、と香織は背中を突き飛ばされて中へ転がりこんだ。

「いたた……」

肩をさすりつつ振り返れば、もう引き戸は閉められている。杏々は一緒に来ないらしい。

「おう、なにそんなところで寝てんだよ。早くこっちに来て酒をつげ」

部屋の奥で、魯達は上機嫌で酒を飲んでいた。

香織は部屋をサッと見回す。

二十畳はあろうかという畳敷きの部屋は、特別室に違いない。魯達が座る上座をはじめ高級そうな調度品が揃っており、予想通り続きの部屋があり、少し開いた引き戸の隙間から白いフカフカした布団が敷かれているのが見える。

（ひえええ、やっぱり！）

妓楼である以上そういう計らいは当然だが、香織自身はなんとしてでもあの部屋へ連れ込まれるのを回避しなくてはならない。

目の前の赤黒い魯達の顔と、痩せた遊女たちの姿を思い浮かべ、香織は酒瓶を手に取った。

「あの、魯達様。一つご提案があるのですが」

「提案だあ？」

魯達が酒を一気にあおったのを見て、香織は畳に額をこすりつけるように頭を下げた。

「どうかわたしに、おつまみを作らせてくださいっ！」

第二十一話　おつまみ作ります！

「はあ？　おつまみ⁇」

「はい。高級なお酒も、美味しいおつまみがあればもっと美味しいと思うんです」

「酒のアテのこと言ってんのか。確かに何か欲しいと思っていたところだけどよ。何を言い出すかと思えば、変わったこと言う娘だな」

香織《こうしょく》はさらに畳に額をすりつけて言った。

「魯達《ろたつ》様が満足できるおつまみが作れたら、お酌の御役目を免除していただいてもいいでしょうかっ……」

「ふん、そういうことか」

「ダメでしょうか」

「そうさなあ」

魯達は手酌で酒をつぎ、それをぐいっと干した。ほんとうによく飲む。蟒蛇《うわばみ》というのはこういう人物のことを言うのだろう。

「ま、いいぜ」

「ほんとうですか⁈!」

「ただし、不味《まず》いもん作りやがったら一生俺様に酌をするんだぜ」

「ええっ⁈!　そ、そんな」

「この俺様にケンカふっかけるんだから、それくらいの覚悟はできてんだろ？　あぁ？」

「い、いえ、あの、ケンカのつもりでは」

「ケンカと変わらねえよ。俺様を待たせるってんだからよ。ま、いいけどな」

酔って血走った目が香織を見据える。魯達は上機嫌だ。

魯達にしてみれば、香織のおつまみの出来がどちらであっても損をすることはないからだろう。

(うう……自分でハードル高くしちゃったよぅ)

しかしもう後には引けない。言い出したからにはやるしかない。

それに、香織にはおつまみを作る他にも目的があった。

多少ハードルが上がっても仕方がない。

(ぜったい美味しいって言っていただかないとっ)

香織は襷を出すと、素早く袖をくくった。

◇

魯達は食べ物の好き嫌いは無いと言う。

「もともとは、食えるもんならその辺の草でも食って生きてきた貧乏人だからな。食いもんが好きとか嫌いなんて贅沢《ぜいたく》なことは言わねえよ」

すでにお達しがいっていたようで、一階の奥、建物から出た場所にある厨房《ちゅうぼう》に通された。

「こんにちは……って、うわ?!」

厨房は入った途端、籠を突き出された。

「あんたが使っていいのはこれだけだ」

おそろしく不愛想なおばあさんが香織の手に籠を押しつけた。

中をのぞけば、新鮮そうなジャガイモと空心菜に似た青菜が入っている。

「あ、ありがとうございます」

「他の食材は店の客に出す物だから手を付けるんじゃないよっ。わかったね？」

「は、はい」

おばあさんは香織を睨んで舌打ちすると、香織に背を向けて作業に戻った。

（うわ、あんなに大きなお肉の塊があるっ、新鮮そうな魚も……あっ、野菜もトマトとかかぼちゃとか、うそっシソとかネギとか、薬味もたくさんあるじゃない！）

ぐう、とお腹が鳴る。自分もお腹が空いていることを思い出す。そういえば華《か》老師たちの夕飯を作ってこなかった。

（小英《しょうえい》がお夕飯作っているだろうけど、往診や薬作りで疲れているだろうしな。悪いことしたな）

二人とも心配しているだろう。

早く決着をつけて、ついでに仕事も決めて、帰らなくては！

（それにしても、あんなにいろいろ食材あるんだから、少しくらい分けてくれてもいいのになあ……）

ジャガイモと空心菜もどきの青菜はきっとたくさんあって余ったものなのだろう。

（うらやましがってもしょうがないわ。ある材料を最高に美味しく！　これぞ主婦の信条よ！）

もう主婦ではないが、そういうことにしておく。

「さてと」

なかなか広い厨房で、竈の場所が二か所ある。

（こんなに広い厨房をこのおばあさん一人でやってるのかしら。でも、わたしが使っていいこっち側の竈は、しばらく火が入ってないように見えるけど）

しばらく使われていなかったキャンプ場の焚火《たきび》台のように、竈は煤《すす》けてがらんとしている。

おばあさんは香織を完全に無視すると決めこんだようで、むっすりと黙ったままこちらを見ない。もっとも、竈を含めた調理場が厨房の左右に対称になっているので、作業をしていたらお互いに顔を合わせることはないだろう。

（かえって気楽でいいか）

香織はさっそく調理に取り掛かった。

ジャガイモと青菜。どちらも新鮮そうだ。

「きっとこの世界では、今ジャガイモが出回ってるのね」

華老師の近所の人たちもたくさん持ってきてくれたし、どれも味が良い。今が旬なのだろう。

「青菜は見たことのない物ねえ。小松菜やほうれん草ともちがうわね」

匂いを嗅いでみる。少しクセのある匂いがする。

「やっぱり空心菜に近いかしら」

前世で、ほうれん草が終わる時期になると空心菜が出回り、しかもほうれん草や小松菜に比べて格段に安いのでよく買ったのを思い出した。

「でも空心菜って、クセがあるのよね」

智樹《ともき》や結衣《ゆい》が臭い臭いとぶーぶー言っていたのを思い出す。子どもたちに食べてもらうために苦心していくつか編み出したレシピがある。

しかし、どのレシピにも薬味が必要だ。

香織は少し迷って、しかし思い切って、おばあさんの背中に話しかけた。

「あのう、すみません。生姜を少し、使わせていただけないでしょうか」

あれ？ 聞こえてないのかな？ 無視しているのかな？ と香織が迷っていると、おばあさんがおそろしく不機嫌な顔でこちらを振り向いた。

「薬味と調味料くらい勝手に使いなっ。もう話しかけるんじゃないよっ。いいねっ」

「は、はいっ、すみません、お借りします！」

香織は食材が並ぶ場所から生姜を取ってあわてて自分の調理場に戻った。

火を熾しながら、ジャガイモと青菜をきれいに洗う。

鍋にたくさんの水を沸かしながら、ジャガイモを薄く、うすーくスライスしていく。

スライサーが無いのが少し痛いが、包丁がよく手入れされているので薄く切るのも思ったほど難しくない。

スライスしたジャガイモは、水に浸す。水が白く濁ったら捨て、三回ほど繰り返す。

ジャガイモ三個分をスライスで使った。

「あと三個あるから、こっちは拍子切りにしよう」

四角い棒状になるように切って、こちらも軽く水にさらす。

お湯が沸騰してきたので、そこでさっと青菜を茹でる。その間に刻んでおいた生姜、醤油、ごま油、おそらく魚醤《ぎょしょう》と思われる調味料を少し、手早く混ぜる。

その調味液の中に、茹でて適当な大きさに切った青菜を投入。

「こっちは完成。あとは、これね」

香織は大きくて深めの中華鍋のような鍋を出して、その中に大量の油を注ぎ入れ、火にかけた。

「ふふっ、久しぶりに作るなあ。異世界で食べれるとは思ってなかったけど、考えてみれば材料はシンプルだから作れるものね。楽しみだわ」

香織は油が温まるのを待ちながら、ワクワクしていた。

第二十二話　ただのジャガイモ料理ではありません。

「お待たせしました」

香織《こうしょく》が捧《ささ》げるように御膳を差し出すと、魯達《ろたつ》のぎょろぎょろした目がさらに見開かれた。

「なんじゃあ、こりゃあ」

「ポテトチップスとポテトフライ、青菜のおひたしです」

「ぽて……なんだって？」

「ジャガイモ料理です」

「ジャガイモだあ？　ひねりも何もねえじゃねえか。俺様を馬鹿にしてんのかあ？」

「そ、そんなことないです！　ま、まずは一口、召し上がってみてください！」

ポテトチップスを作ったのは子どもたちが小さい頃以来だが、かなり良い出来だと思う。ポテトフライも青菜のおひたしもいつも通りにできたと思う。

しかし、いざ魯達の前に持ってくると不安が香織を襲う。

（これで美味しいって言ってもらえなかったら、わたし一生、この人にくっついてお酌しなきゃいけないのかしら……）

ぶるぶるぶる。そんなのごめんだ。

（どうか、どうかっ、異世界の人にも、いや魯達様の口にも合いますようにっ）

祈るような気持ちでじっと魯達を見上げた。

魯達はポテトチップスを箸でつまみ、いろんな角度から眺める。魯達の護衛たちも穴の空くほど御膳を見ている。

「あのう、毒とかは入ってないんで、大丈夫ですよ」

念のため言うと金剛力士像たちに睨まれた。うう、こわい。

魯達は意を決したようにポテトチップスを口に放りこんだ！

分厚い唇の上で、ぱり、とポテトチップスが割れる。

ぱりぱりぱり。

小気味よい音だけが、二十畳はあろうかという座敷《ざしき》に響く。

「あ、あの……？」

刹那、魯達のぎょろ目が香織を捉えた。

魯達がすっくと立ち上がり、巨体に似合わない動作でさっと歩いてくると、香織の襟首をつかみ上げた。

「きゃあ?!」

(うそっ、失敗?!)

やはり異世界人の口には合わなかったのだろうか――と全身から汗を噴き出したとき。

「この野郎っ、てめえ、この国の者じゃねえな?!」

(ひえええええ！　ツッコむとこそこ?!　ていうかなんでわかったの?!)

襟首をつかんでぐい、と魯達が迫ってくる。

「てめえ、どこの国から来た」

「えっ、あの、その……」

日本です、と言いそうになるのをグッとこらえて、

「芭帝国《ばていこく》から、みたいです」

嘘ではない。香織にはまったく覚えはないが、どうやらそういうことらしい。

「芭帝国だあ?!　あの国にはこんな美味い物があるのかっ」

「………へ？」

「この味、この食感。ありとあらゆる美味いもんを食ってきたこの俺様でも見たことも聞いたこともない料理だっ。これがただのジャガイモなんて、信じられねえ」

どうやら、ほめているらしい。

それがわかってホッとした香織は、引きつりながらも笑みを作った。

「あ、温かいうちに食べたほうがもっと美味しいですよ」

「そうなのかっ」

魯達は香織を放すと席へ戻り、ポテトチップスを貪るように食べた。巨体が器用に箸を使って食べる姿がおかしくて、つい笑ってしまう。

「なんだっ、何がおかしいっ」

「ひゃ、いえ、あの……お口に合ったようでよかったな、と思いまして」

魯達はハッとして、それから口をへの字に曲げた。

「正直、何を作ってこられても『まずい』って言う自信があったんだがな。この美食家の俺様を満足させるアテを作ろうなんて百年早い、小娘の戯言《たわごと》だと腹の中で笑っていた」

（そ、そうだったんだ……）

今さらながらに冷や汗をかく。綱渡りだったんじゃないか。

「だが、こりゃ俺様の負けだ。おまえが作ったこの、ぽて……」

「ポテトチップスです」

「おう、ぽてとちっぷすとやらは間違いなく美味いし、斬新だ。古今東西、あらゆる美味珍味を食ってきたつもりだが、こんな食い物は見たことがねえ」

「じゃあ……」

「ちょっと待ちな。結論を出すのはまだ早いぜ」

魯達はポテトフライと青菜のおひたしにも箸を伸ばす。それぞれを口に運ぶたびに酒を飲んで頷いた。

「かなりな腕してやがんな。おめえ、故郷で料理人だったのかい」

「いいえ、料理人ではないですけど……料理は好きです」

魯達はうなった。

「料理人じゃなくてこの腕か。芭帝国の食事情は俺様が思っていたより水準が高いようだな」

何か勘違いされているが、認めてもらえたならなんでもいい。

「では、約束は……」

「おう。おめえの勝ちだ。好きにしやがれ」

飛び上がりたいのをこらえて「ありがとうございますっ」と畳に伏したとき、引き戸が開く音がした。

「まあまあ魯達様。お酒のアテをお持ちするのが遅れてしまいましたけど、必要なかったでしょうかねえ？」

計ったようなタイミングで胡蝶《こちょう》が現れた。二胡《にこ》のような楽器を携えた妓女を従えて部屋へ入ってくる。

（やった！　この人から来てくれるなんて絶妙なタイミング！）

胡蝶と話がしたかったが、おそらくこの吉兆楼の店主である胡蝶に会うのは一苦労だと思っていたところだ。

香織にあからさまな敵意をぶつけてきた妓女たちのことを思い出すと、彼女たちに会わずして胡蝶に会えたこのチャンスを逃すわけにいかない。

「とてもいい匂いがしておりますこと……これ、貴女が作ったんですってね？」

胡蝶が艶やかに香織を振り返る。香織はその大輪の花のような麗貌を見上げて言った。

「はいっ、わたしが作りました！　あの、突然ですが……わたしをここの厨房で雇っていただけないでしょうか?!」

第二十三話　仕事決まりました！

「あらまあ、本当に突然だこと。なにをいきなり言い出すかと思えば」

胡蝶《こちょう》はほほ、と笑った。

「妓女としてではなく、厨房で？」

「はい」

胡蝶はしとやかに頭を下げた。

「魯達《ろたつ》様。もしよろしければ、この子の作ったというそちらのお料理をお味見させていただいても？」

「おうよ、食ってみろ。この吉兆楼の厨房で働かせてくれなんて大それたことを言うだけの腕はあるぜ」

「あら、魯達様がそうおっしゃるなら」

胡蝶は優雅に箸を持って、小鳥が食べるような量を形の良い口に運ぶ。

その美しい顔が、ほんものの驚きに見開かれたのを香織《こうしょく》は見逃さなかった。

「とても、美味しいですわ」

「じゃ、じゃあ、雇っていただけますかっ⁉」

どうやらこのお店で働かせてもらうのは身分不相応の図々しい願いのようだが、今はそんなことは言ってられない。

働かせてくれるなら、そしてもちろんお給金がいいなら言うことなしだ。

「そうねえ……妓女の方が、御給金がいいわよ？　貴女の器量なら、じゅうぶん妓女としてやっていけると思うけど」

妖艶なまなざしに吸いこまれそうになるけど……だめだめ！

（もちろんお金も稼ぎたいけど、わたしには別の目的ができたんだから！）

香織はぐっと身を乗り出す。

「どうしても厨房で働きたいんですっ」

胡蝶はきょとん、として、それから可笑《おか》しそうに笑った。

「まあ、ほんとうに変わった娘だこと。いいわ、魯達様の御墨付《おすみつき》もあるし、貴女を厨房で雇いましょう」

「えっ、ほんとうですか?!」

「ただし、七日の間、ね。七日、厨房で働いてみて。もちろん、その間のお給金は出します。七日後に、雇ってもいいと判断したら正式に雇いましょう」

「ありがとうございます!!」

試用期間ということらしい。

それでも、糸口を見つけられたのはありがたい！

「じゃあ、明日からおうかがいします！」

「おう、せっかくだからおめえ、ちょっとぐらい俺様の酌をしていっちゃあどうだ」

魯達が冗談交じりに言う。

「す、すみません！　今日はもう、帰らなくちゃならなくて」

「なんでえ、男がいるのか。まあ、その器量じゃ男の一人や二人、いるか」

残念そうに魯達が言うので、香織はつい笑ってしまった。

「いえ、帰って、お夕飯を作るんですよ！」

◇

「ただいまー」

香織が帰ると、やっぱりすでに小英《しょうえい》が厨でいそいそと煮炊きをしていた。

「あっ、香織《こうしょく》！　遅かったじゃないか。心配したんだぞ」

「ごめんね、小英。ちょっといろいろあって。でも仕事見つかったから」

「えっ、ほんとうか？」

「うん、明日から、午後からお夕飯の時間まで、働いてくるね」

まずは厨房で、お客用の料理の仕込みの手伝いをすることになったのだ。

「なにっ、聞いてないぞ」

そこににゅっと、不機嫌気な顔が居間からのぞいた。

「耀藍《ようらん》様！」

「腹が減ったぞ。ずっと待ってたんだ。オレは香織のご飯が食べたい」

「おれが作るって言ってるのに、この通り、聞かないんですよ耀藍様。だからおれも、中途半端な作業になっちゃって」

たしかに、青菜が茹でてあったり豆腐が水にさらしてあったりするが、何を作ろうとしているのか迷いの見える台所状況だ。

「耀藍様、ワガママ言わないでください。小英が困ってますよ」

「む……」

「すぐ作りますから待っててください」

「むう」

小英から台所を引き継いで、何を作るか考える。

「困ったな、すぐに思い浮かばないな」

思わず呟いたとき、ふと思った。

「智樹《ともき》も結衣《ゆい》も、ちゃんとご飯食べてるのかしら……」

夫は料理がまるでできない。コンビニで買ってきた弁当ですら、電子レンジをちゃんと使えるかあやしい。

ましてや、夫は仕事から疲れて帰ってきた状態でキッチンに立つことになるだろう。

(それはとても大変だわ。大丈夫かしら、あの人……)

前世に生きているときは日々本当に疲れていて、ご飯作り、特に夕飯作りは正直、楽しくなかった。本当は料理が好きなのに、キッチンに立つことは苦行と思うことの方が多かった。

日々のご飯作りというのは「料理が好き」という気持ちとはかけ離れたところにあることを、十五年の主婦生活で知った。

それでも毎日キッチンに立てたのは、やっぱり家族の健康を考えていたからだろう。

「あの人が今、自分や子どもたちの健康に気を配れる状態だといいんだけど……」

そんなことが霧のように思考をおおい、献立が思い浮かばない。小英が下ごしらえしてくれた青菜や豆腐を見つめたまま、手を止めてぼんやりしてしまう。

ふと、居間から小英と耀藍の言い合いが聞こえてきた。たまに華《か》老師のツッコミが入る。楽しそうな笑い声を聞くと、智樹と結衣が小さくて、二人が夫ともまだ一緒に遊んでいた頃を思い出した。

(今、もし智樹や結衣やパパがここにいたら……わたしは何を作るかしら)

そう考えた瞬間。

不思議なことに自然と止まっていた手が動き出した。霧が晴れたように思考もハッキリしてくる。前世、忙しい中で夕飯の献立を考えてきたスキルが動き出す。

「いつものお夕飯の時間をけっこう過ぎているから、みんなお腹が空いているわよね。遅くなったから消化も良い物の方がよくてことで、ボリュームのある物がいいわね。遅くなったから消化も良い物の方がよくて……」

こうしてできた献立は、

卵の甘酢あんかけ
青菜とかつお節のおひたし
豆腐と大根の味噌汁

小英が準備してくれていた青菜と豆腐があったのでかなり早く作ることができた。

卵は強火で温めた鍋に一気に流しこみ、手早く丸めて中をふわっとさせるようにする。外側には焼き色を付ける。餡《あん》には具を入れなかった。

「む！　なんだこの卵は！　醤油味かと思ったら甘酸っぱくて、外はこんがり焼けているが中はふわっとしていて……白飯が止まらぬ！」

「耀藍様はいつでも白飯が止まらないだろ。でも、本当にこの卵は美味しいね。こんな味、初めて食べた。香織はいろんな卵料理が作れるんだね、すごいや！」

「そんなことはないけど……美味しいならよかったわ」

甘酢はケチャップがないので醤油ベースだが、子どもの小英の口にも合ったようだ。

「そうじゃな、餡に具がないのが、今日のような日はよいのう。わしのような老体には腹に優しい」

華老師にも満足してもらえたようだ。

（智樹、結衣、パパ……ありがとう）

香織は心の中でこっそり、前世で培ったスキルと家族に感謝した。

第二十四話　辛好《しんこう》

「こんにちはー！」

次の日の午後。

香織《こうしょく》は再び吉兆楼の玄関広間に立っていた。

「今日から、よろしくお願いします！」

誰もいない玄関広間で、ふかぶかと頭を下げる。

なにごとも、最初の挨拶が大切だ。

建安《けんあん》一の妓楼『吉兆楼』。

きのうの夜、建安の商人の親玉、魯達《ろたつ》にここへ拉致され、ポテトチップスやポテトフライを作ったことで、妓楼の厨房で働く、という仕事を、トントン拍子で見つけた香織だったのだが。

「夢、じゃなかったよね……？」

そうだったかもしれない、と思うほど、景色が異なって見える。

夜とはうってかわって、明かりの入っていない、薄暗い玄関広間。

生気のないその空間に、やがて寝起きの妓女たちが、だらしない格好のままぞろぞろと出てきた。

妓女たちは香織を見ると、あからさまに嫌な顔をする。

「またあんたなの。てか、何しに来たのよ？」

「まさか、ここで妓女になるってんじゃないだろうね」

「この吉兆楼で妓女やるからには、覚悟はできてんだろうね」

「容姿だけ良くても、この吉兆楼の妓女は勤まんないんだから！」

口々に飛んでくるブーイングに、待ってましたとばかりに香織は満面の笑みで答えた。

「今日から、こちらの厨房で働かせていただくことになりました！」

しーん。

玄関広間が静まり返る。妓女たちは、目が点になっている。

「……は？」

「ですから、こちらの厨房で、お客様にお出しする料理を作るお手伝いをすることになりました！」

「な、なにそれ」

「聞いてないけど」

妓女たちがざわついた、そのとき。

だん！

床を思いきり踏む音に、妓女たちはサッと振り返った。

「あ、姐《ねえ》さん」

「姐さん、まだ寝ていたほうが――」

「許さないっ!!」

赤い髪に、翡翠の瞳――杏々《しんしん》が、叫んだ。

意外にも質素な寝間着姿の杏々が、妓女たちをかきわけて香織の前にやってくる。

「ふざけんのもいいかげんにしてよっ。あんたなんかがこの吉兆楼の門をくぐるだけでも腹立たしいっていうのにっ。誰があんたなんかを認めたのよっ」

「あたしよ」

今度はその場の全員が階段を見上げて、サッと居ずまいを正した。

「胡蝶《こちょう》様！」

妖艶な美女は、普段着であろう深い緑色の襦裙姿で階段を下りてくる。

「その子、香織《こうしょく》というのだけれど、お座敷《ざしき》じゃなくて、厨房で働きたいんですって。だから今日から来てもらったのよ」

屈託のない胡蝶の物言いに、妓女たちは気まずそうに顔を見合わせる。胡蝶の言うことなら妓女たちに否も応もない。

「で、ですが胡蝶様」

「厨房で働くとはいえ、新人は新人。杏々。貴女は、この吉兆楼三姫《さんき》の一人として、新入りにいろいろと教えてあげてちょうだい。よろしく頼むわよ」

「…………はい、胡蝶様」

胡蝶は微笑むと、香織に手招きをした。

「いらっしゃい。厨房に案内するわ」

「は、はいっ」

香織は胡蝶の後ろからついていった。

昨夜来たので場所はわかっていたけれど、夜と昼ではだいぶ周囲の景色が違う。

夜は妓楼の鮮やかな灯の中でさみしげに佇《たたず》んでいた厨房の建物が、陽の下では窓や煙突から煙を出し、活気づいて見える。

「いい匂い……」

思わず香織はくんくんと鼻を動かした。

「お出汁を取っている匂い」

すると胡蝶が振り向いた。

「よくわかったわね。辛好の取る出汁は、いろんな素材が入っていて、複雑なのに」

「ええ、ほんとうに、いろんな匂いがします。かつお節や昆布だけじゃなくて、ホタテとか海鮮の干物とか、豚骨みたいのも、あるのかな……それと、ネギや、香辛料がたくさん」

しきりに鼻を動かしている香織に微笑みながら、胡蝶は内心舌を巻いていた。

(辛好の出汁の素材は、あたしにしかわからないと思っていたけれど)

匂いだけでここまで言い当てるとは——この娘、やっぱりただの町娘ではない。

◇

「辛好。仕事中、悪いわね。入るわよ」

胡蝶は軽く扉を叩き、中からの返事を待たずに入っていく。

「馬鹿者っっ」

昨日の老婆が、奥の竈から顔を上げて怒鳴った。

「こっちは仕込み中なんだっ。勝手に入るんじゃないよっ」

（こ、こわい……）

きのうもこわいと思ったが、怒りっぽいのはいつものことらしい。

だからなのか、胡蝶は気にする様子もなく、老婆の近くに香織を連れていった。

「きのうも会ったでしょ。この子、香織っていうの。厨房で働きたいんですって。使ってあげてくれる？」

「はっ、その器量ならどうせ座敷で働くことになるんだろ。だったら最初っから座敷に連れてきな。ここは人手は足りてるんだ。顔がよくても厨じゃ使えないよっ」

（使えない人材——）

記憶の奥底に眠っていた痛みが、目を覚ます。

——使えないオバサン。

前世、パート先の若い女子社員に、そう言われたことを思い出す。

「まあねえ、この器量だし、あたしも御座敷に出したいくらいなんだけど……。どうかしら、香織。今からでも考え直さない？　辛好は悪気はないのだけどこの気性だし、お座敷で働いたほうが気がラクだと思うし、貴女の器量も活《い》かせると思うのだけど」

胡蝶は呆《あき》れたような笑みを浮かべた。

「こんな調子だから、辛好には弟子も付かないし、雇ってても男女問わずすぐに辞めてしまうの。だから——」

「いえっ、わたし、辛好さんの下で、働きます！」

香織は、辛好に向かって、ふかくお辞儀をした。

「お願いします！　けっして、おじゃまはしません。辛好さんのお仕事を少しでも助けられるように、がんばりますっ。ですから、どうかわたしをこの厨房で使ってくださいっ！」

辛好は、仏頂面をさらにしかめてそっぽを向いている。

胡蝶が、弾かれたように笑った。

「あっはっは、いいじゃない、辛好。ぜったい一緒に働きたくない人って妓女たちから陰口叩かれてる辛好に、頼みこんでまで働かせてくれなんて言う酔狂な子、他にいないわよ？」

「うるさいっ、この性悪女が。昼飯の粥《かゆ》に冬虫夏草を入れてやんないよっ」

「あら、ひどいわ辛好。本当のことを言っただけなのに。イライラするなら、辛好も冬虫夏草をお飲みなさいな」

さすがは百戦錬磨であろう美女、辛好を軽くあしらっている。

「ね？　この通りだから、我慢できなくなったら言ってちょうだいね。いつでもお座敷に入れてあげるから」

胡蝶は蠱惑的な笑みを浮かべて、厨房を出ていった。

香織は、ぎゅっと手のひらを握りしめる。

(使えない人材のままで終わりたくない……！)

誰かの役に立ちたい。

前世、主婦だったころから香織がずっと抱いてきた想《おも》いが、辛好の険しい目つきを怖いと思わせなかった。

第二十五話　憂いのおじや

「香織《こうしょく》……香織！」

「え？」

「鍋が噴いているが」

ハッと見れば、鍋からぶくぶくと泡がたち、蓋を押し上げている。

「うわわっ」

あわてて蓋を取って、火を調整する。前世みたいに、スイッチひとつで火の調整ができないと、こういうときに困る。

「どうしたんだ？　ぼーっとして」

「え、ぼーっとなんて、してませんて」

「してるだろう。やはり仕事がつらいんじゃないのか？」

憂い気な顔で、耀藍《ようらん》は香織《こうしょく》をのぞきこむ。

アクアマリンのような瞳、端整すぎる顔が、息がかかる距離にある。

普通の女子なら瞬殺なシチュエーションだが、中身がオバサンの香織には、目の前の火加減と考え事が脳内の九十九％を占めている。

「仕事など、すぐに辞めろ。塩が必要ならオレが実家から持ってくる！」

息巻いて瞬間移動の術を使いに行こうとする耀藍の絹の衣を、香織はがしっとつかむ。

「それじゃ意味ないです！」

「意味？　意味とは何だ」

「わたしが食堂で使う物を、自分で調達してくることに意味があるんです！」

香織は塩の入った壺を取り、そこから塩を匙《さじ》できっちり計って鍋に入れる。

「食堂で出す料理に、こうやって華《か》老師の家の台所の物を使っていたんじゃ、いつか華家が破産しちゃいますから。わたしが営む食堂の食材を、わたしが調達するのは当然でしょう」

「む、むう、たしかに、理屈は通っているが……しかしだな。香織をそんなにコキ使うなんて、許せないぞ」

今日は、食堂でおじやを出すことにしていた。

鍋一つで済むし、あまりものも入れられるし、栄養も取れるし、いいこと尽くしだから。

実際、耀藍の言う通り、香織は仕事で疲れきっていた。

（予想はしていたけれど……）

辛好《しんこう》のしごきは、予想を超えて、キツイものだったのだ。

けれど、勤務二日目にして折れるわけにはいかない。

今すぐ寝台にダイブしたい衝動をガマンしている……というのは、耀藍にはぜったいに悟られてはいけない。

疲れた、なんてちょっとでも言おうものなら、本当に貴族の権力を駆使して香織を辞めさせそうだ。

今も、香織が考え事と調理をしている後ろで、うろうろしながら不穏なことを呟いていたし。

「まったく、どんな辛《つら》い仕事をさせているのだ。今日オレが行って、話を付けてやる」

「で、ですから！　わたしは大丈夫なんですってば！　仕事先にはついてこなくてもだいじょうぶですよ！」

しかし耀藍は一緒に行くと言ってきかない。

「姉上から、すべての行動を見張れと仰せつかっているからな」

（そうきたか……）

確かに、蔡紅蘭《さいこうらん》は香織の行動のすべてを見張るつもりなのだろう。

「……ほんっとに、お願いですから、ついてくるだけですよ？　仕事に口出しとか、しないでくださいね？　お店の方たちの前に行くのもダメですからね！」

「それを守ったら行ってもいいのか?!」

「紅蘭様に告げ口されるよりマシです」

やったー、と子どものように喜んでいる耀藍を横目に見つつ、香織は「ぜったいに物陰《ものかげ》から出ないでくださいねっ」と念を押す。

（妓女たちに見つかったら、ちがう意味で騒動になるもの）

こんな超絶美形が花街の妓女たちの前に出るなど、腹を空かせた肉食獣の前に極上のエサを投げるようなものだ。

（蔡家《さいけ》の御曹司なんて、きっと箱入のおぼっちゃまだもの。花街に連れていったなんて紅蘭様に知られたら、えらいことになるわ……）

新たな心配のタネが増えてしまったが、仕方ない。

少しおじやをすくって、味見する。

「ん。美味しい」

少し焦げがついてしまったが、味噌味なのでそれもアリだろう。

しかし、今の自分の心境が反映されたような、焦げの香ばしさなのか、かすかな苦みなのか、微妙な味になっている。

（料理って、そのときの心境がけっこう出ちゃうのよね……）

家庭料理ならそれでもいいが、食堂となるとそうはいかない。

（ああっ、わたしもまだまだ修行が足りないな。よし、辛好さんのシゴキは、修行だと思うことにしよう！）

香織は憂いを吹き飛ばすように、ぐっと拳をにぎって気合を入れ直した。

「おおっ、うまそうだな！　オレにも味見させてくれ！」

「ダメです。耀藍様は、食べすぎるから、ちゃんとお昼の時間に食べてくださいっ。だいたい、朝も遅くて、さっき食べたばっかりじゃないですか」

「むう、つまらん」

本当に、こんな細い身体のどこに消えていくのかと思うほど、耀藍はよく食べる。

食堂が始まる前におじやがなくなってしまっては大変だ。

今日は、野菜と卵のおじや

大根と、キノコと、青ネギと、卵の入った、子どもにも優しいおじやだ。

この前の親子連れがよく来てくれるようになったので、小さな子どもにも食べやすい具を考えた。

「あとは、ちょい足しの味噌と胡麻を用意して、っと」

この味噌や胡麻も、華家の台所から出ていると思うと、心苦しい。

「一生懸命働いて、早くお給金もらって……目指せ正規採用だわ！」

ふとすると襲ってくる眠気と戦いつつ、香織は気合を入れる。

午後に起こる騒動のことなど、この時は微塵《みじん》も想像できない香織だった。

第二十六話 急な注文

「もうっ、グズだね!」

今日も辛好《しんこう》の怒鳴り声から始まった。

「おたまはここにあるって、きのうも言っただろっ。何回もおんなじこと言わせるんじゃないよっ」

「すみませんっ」

「その灰汁《あく》取りがすんだら、こっちの食材をきざむんだよっ」

「はいっ」

香織《こうしょく》は出汁の灰汁を取りながら、調理器具のある場所を目線で確認する。

(おたまとか、しゃもじ、菜箸《さいばし》や計り用の匙《さじ》は、あのカゴの中なのね)

きのうは、別の場所からおたまが出てきた気がするが、それはもちろん、言わないでおく。

（包丁とか、危険な道具は、また別の場所にしまってあるのね）

すくった灰汁を流しに捨てつつ、辛好の動きを観察する。

（なるほど、包丁は、ああやって人目につかないように隠してあるのね）

三つある調理台のうち、辛好がいつも使っているらしき調理台の足元に、頑丈そうなカギの付いた箱があり、その中から辛好は包丁を取り出していた。

見て覚える。

前世、夫の実家で、学んだことだ。

勝手のわからない台所。

香織のちょっとした動きも見逃さないように見張っている姑《しゅうとめ》。

ちょっとでも香織がミスをしようものなら、すかさず嫌味を言われた。

『今の若い子は、やっぱりダメねえ』と。

質問や確認にも嫌味がもれなく付いてくる。

だから、見て覚える――他人の台所では、これが最善の方法だった。

灰汁を取り終わり、指示された野菜を切っておこうと、香織はカギ付きの箱から手ごろな包丁を一本借りる。

にんじん、ジャガイモ、玉ねぎが、山と積まれた調理台で、香織は作業を始めた。

（はあ、楽ちん。言われた通りに、切ればいいんだものね）

指示通りに切ればいいだけなんて、なんてラクな仕事なのだろう。

（にんじんは乱切り、ジャガイモは八等分、玉ねぎはくし切り、っと）

リズミカルに包丁を動かしていく。自然と鼻歌まで口ずさむ。

（そういえば……）

耀藍《ようらん》が、約束を守ってくれてよかった、と思う。

香織の仕事先を聞いて、ヘンな顔をした耀藍だったが、妓女ではなく厨房で働くと言ったら、何も言わなかった。

おとなしく店のだいぶ手前から離れて歩いてくれたし、香織の前に姿を見せないと約束したし。

（今頃、お茶屋さんでお団子でも食べてるかしら）

花街の往来には、昼間になると甘味を扱うお茶屋さんがたくさん出ていることに、来るときに気付いたのだ。

化粧っけのない妓女と思われる娘たちが、店先であんみつのような物やお団子、点心などを食べているのを見かけた。

（そういえば、この世界に来てから、甘いもの食べてないかも。おいしそうだったな。わたしが帰る頃も、甘味を売ってるといいんだけど……）

そのとき。

「た、た、大変だよっ、辛好さんっ」

若い妓女が一人、厨房に駆けこんできた。

「なんだいっ、騒々しいねっ。ここはあんたら妓女の来るところじゃないっていつも言ってるだろうっ」

辛好が目をむくが、妓女はひるまない。というか、だいぶ取り乱している。

「今すぐっ、卵焼きを……作ってくれって！」

「はあ？　何寝ぼけたこと言ってんだいっ。この仕込みの忙しいときに、あんたら妓女のために何かを作る時間なんざあるわけないだろうが！」

「ちがうよっ、あたしらにじゃなくて……お店の超お得意様が、来てるんですよっ」

「超お得意様だって？　誰だい」

「白龍《はくりゅう》様ですよ！」

辛好は憎々し気に顔をしかめた。

「あのボンクラめっ、しばらく顔見せないと思ってせいせいしてたのに、何しに来たんだいっ」

「しいっ、声が大きいですよ、辛好さんっ」

（察するに、魯達様みたいなお得意様が急に訪ねてきて、卵焼き食べたいって言ってるのかしら）

たしかに、辛好が腹を立てるのもわかる気がする無茶ブリだ。

「と、とにかく、もう御座敷にお通ししてるんで、できるだけ早く用意してくださいとのことです」

「何言ってんだいっ。今は仕込みの最中だよっ」

「でも、お腹が空いて死にそうだって、フラフラされているそうなんです」

(フラフラ……はは あ、なるほど。それで、お座敷にも通したのね)

お得意様が来て、腹が減ったとふらついていたら、店としては準備中でも放っておくわけにはいかないだろう。

「あたしっ、ちゃんとお伝えしましたからねっ。お願いしますよっ」

もーだから辛好さんに伝言するのイヤだったのにーと妓女は半泣きで行ってしまった。

「……おい」

辛好が、香織を振り返った。

「は、はい」

「あんたが作んな」

「は？」

「卵焼きだよっ」

えええええ?!

「む、ムリですよ、わたし、その方、知りませんし」

「ムリでもなんでもやるんだっ。ここで働きたいんだろっ」

そりゃあそうですけど！

「てきとうに卵焼きと、飯と汁物を用意しなっ。あたしゃ仕込みの最中にあのボンクラのために何か作るなんて、お断りだよっ」

辛好は香織に向かって怒鳴りつけ、自分の作業場にサッサともどってしまった。

「ど、どうしよう……！」

お得意様へ何かを作るなんて、失敗すれば、クビどころでは済まない。

魯達《ろたつ》のことを考えても、お得意様とはお金持ちであり、食にもこだわりのある人物に違いなかった。

しかし、香織が無視できる状況でもなかった。いや、むしろ、辛好に押しつけられた時点で、逃げられなくなっている。

「仕方ない……やるしかない！」

香織は、急いで汁物の湯を沸かし始めた。

湯の中に出汁昆布を小さく切ったものをしずめつつ、深呼吸する。

「落ち着いて……いつも通りに作ればいい」

結婚して十八年あまり、二人の子どもをほぼワンオペで育ててきた。

もっと目の回るような戦場のような状況で、香織は主婦として、台所に日々立っていたのだ。

「どんなに大変なときも、今までなんとかしてきたんだもの……できるだけのことはやってみよう!」

◇

(まったく、奇妙な小娘だ)

辛好は、そうっと厨房の隅《すみ》に目をやる。

粗末な薄紅色の衣に襷《たすき》をかけた華奢な後ろ姿が、竈《かまど》と調理台を行ったり来たりしている。

無理難題を押し付けたのは他でもない辛好だし、もちろん、香織が嫌だと言ってもやらせるつもりだったのだが……。

おとなしく「わかりました」と言ったのが、どうにも解《げ》せない。

しかも、ヤケでもベソでもなく、かなり肝の据わった目付きをしていたのが、気に入らない。

(普通は泣いて、できません、とか言うもんじゃないかね)

相手は、建安《けんあん》一の妓楼『吉兆楼』の上客なのだ。

上客からケチが付けば、クビが飛ぶことはもちろん、上客によっては粗相《そそう》をした者の家族にまで、累《るい》を及ぼすこともある。

だから、座敷慣れした妓女でさえ、上客の急な要望など、引き受けるかどうか、普通は躊躇《ちゅうちょ》する。

（ま、あの変わり者の小娘のやることが、見込みどおり白龍の逆鱗《げきりん》に触《ふ》れるといいんだけどねえ）

辛好は、ほくそ笑む。

長いこと苦楽を共にしてきた胡蝶《こちょう》が、老いた自分を気遣ってくれているのはわかる。

しかし、これまで一人で切り盛りしてきた厨房を、いきなりどこの誰とも知れない、しかも奇妙な小娘に乗っ取られてはたまらない。

（どうせ実家が食い詰めて妓楼に出されたが、妓女は嫌だと厨房に逃げるつもりなんだろうよ。はんっ、世の中ナメた娘なんざ、お断りだよっ）

ラクをしたいから厨房で、という娘は、これまでも掃いて捨てるほどいた。

その都度、こっぴどくコキ使ってやって、三日と持った娘はいない。

周辺諸国で内乱が起きたり、災害があったり、なにかと不安定なこの世の中で、食い詰めて娘を妓楼に売る親は珍しくない。

しかも、あの器量の良さだ。かなりいい値段で売れたに違いない。

（だが、どうも胡蝶の考えが読めないねえ）

胡蝶の気質を、辛好はよくわかっている。胡蝶は、この花街で長年生き抜いてきただけはあって、百戦錬磨で計算高い。

しかし、卑怯《ひきょう》なことや逃げを、徹底的に嫌う。

（妓女より厨房女の方がラクだから、なんて言い分が、あの胡蝶に通用するわけないんだが）

一体、胡蝶が何を思って、あんな奇妙な娘を厨房に送りこんできたのか、見当がつかない。

（それにしても、ほんとうによくわからん小娘だ）

調理に関して、基本的なことはできている、というか、熟練したものすら感じさせるのだが、調味料の使い方や調理器具の扱い方に、どこか違和感がある。

先日、魯達に出した料理も、かなり奇をてらった物だった。

（ひょっとしたら、この国の娘じゃないのかもしれない）

呉陽国《ごようこく》は治安がよく、内乱も戦《いくさ》もないことから、周辺諸国から人が移住してくることはよくある。

特に、今は北の芭《ば》帝国《ていこく》で内乱が起きていて、そこからの避難民が多く呉陽国へ入ってきているという。

（あの異国風の容姿からしても、芭帝国から流れてきた娘なのかもしれない）

それならば尚《なお》のこと、早くお払い箱にしてしまおう。

卵焼きを作っている様子の香織を見て、辛好は鼻で笑う。いい匂いがしてくるが、また奇をてらった物を作っているにちがいない。

（素朴な味を好む白龍の口には、合わんだろうよ）

白龍の機嫌を損ねれば、胡蝶は即《そく》、香織をクビにするだろう。

辛好はくくく、と笑いをかみ殺して、自分の作業にもどった。

第二十七話　お運びなんてムリです！

「料理が遅いわよっ」

杏々《しんしん》は、座敷の外に控えていた妓女に、早口で耳打ちした。

「すみません、杏々姐さん。あたし、急いでってちゃんと言ったんですよ？」

「ふん、たぶん、辛好《しんこう》さんはあの新入りに作らせてるんだわ」

杏々は、辛好の考えていることが手に取るようにわかった。

上客である白龍《はくりゅう》の機嫌を損ねさせて、あの香織《こうしょく》とかいう小娘をクビにする気なんだろう。

（白龍様はお優しいけど美食家だからね。白龍様のお口に合わなければ、胡蝶《こちょう》様がきっとあの娘をクビにするはず）

白龍はおおらかで穏やかな人柄だが、食にはうるさく、かつ厳しい。

辛好の料理が花街で一番美味しいからという理由で、吉兆楼をひいきにしているくらいだ。

その白龍に、目の前で「不味《まず》い」と料理を突き返されたら、あの娘はどんな顔をするだろう――杏々はほくそ笑んだ。

「ちょっと、もう一回催促してきてちょうだい。で、料理を運ばせて」

「ええっ、そんな姐さん、ムリですって。料理を頼みに行っただけですっごい怒ってたのに、持ってこいなんて言ったら、あたしが辛好さんに殺されますよ！」

「大丈夫よ、作ってるのはたぶん、さっきの新入りだから。で、あの新入りに、料理を運ばせるのよ。いいわね？」

杏々はぴしゃりと金碧《こんぺき》画の襖《ふすま》を閉めると、蝶《ちょう》のように優雅な動きで、上座の上客のところへ戻る。

「お待たせしてしまってごめんなさい、白龍様」

「いや、よい」

「それにしても、おめずらしい。こんなお時間に、花街へお運びなんて。あたくしは、とってもうれしいですけど……」

杏々は、上目遣いで客を見つめる。

売れっ子妓女の杏々に、こんな視線を投げかけてほしい男は、この建安《けんあん》にごまんといるのだが、この白龍という男は、杏々の色仕掛けに酔ったためしがない。

（そんなつれないところも、魅力的なんだけれどね）

この吉兆楼には、巨万の富を持つ男はよく来るが、富と類いまれな容姿の両方を持った男など、この白龍の他に杏々は知らない。

（ぜったい、身請けされるなら白龍様がいい……ていうかぜったい身請けしてもらいたい！）

そんな夢を胸に、杏々は端整な横顔に熱いまなざしを送り続けた。

◇

香織が卵焼きを冷ましているところに、さっきの妓女がまた駆け込んできた。

すかさず、辛好が鬼婆《おにばば》の形相で怒鳴る。

「このバカっ。何度言ったらわかるんだいっ。厨《くりや》に走ってくるんじゃないよっ。食材や料理に何かあったらどうすんだいっ」

「す、すみません！　あの、白龍様の御膳《おぜん》は……」

「知るかっ。そっちの小娘がやってるよっ」

妓女は香織のところへやってくるなり、鼻をクンクンさせる。

「うわ、なんかいい匂い……じゃなくて！　ちょっとあんた、まだなの御膳！」

「あ、はい、今、冷ましているところでして……」

「冷ますとかいいからっ、早くしてよっ、あたしが怒られるじゃないっ」

「え、はい、じゃあ、すぐに」

本当は冷まさないと卵焼きは美しく切れないのだが、目の前の妓女がこれ以上怒られるのもかわいそうだ。

「うん、今日もうまく巻けた」

卵焼き器はないが、なんとか鍋で形を整えて長方形にできた卵焼きに、包丁を入れていく。

ふと気が付くと、妓女が、ヨダレを垂らしそうな勢いでじっと香織の手元を見ていた。

（結衣《ゆい》と智樹《ともき》も、わたしが卵焼きを切るのをよく見ていたっけ）

前世、子どもたちが小さい頃はよく卵焼きを作り、二人とも、香織が切るのをこの妓女のようにじいっと見ていたことを思い出し、香織はふふ、と笑った。

「あの、食べます?」

残った切れ端を小皿にのせて差し出すと、妓女はおそるおそる黄色いタンポポ色の卵焼きを口に入れ、目を丸くした。

「……甘い!」

「えっと、こちらの卵焼きって、しょっぱいんですよね。わたし、ついクセで甘いの作っちゃって……お口に合いますか?」

妓女はまだ目を丸くしたまま、しきりに首をタテに振る。

「あの、じゃあ、これ御膳できてるんで、お願いします。御用意できるのがこれだけで、申し訳ないのですが」

白いご飯に浅漬け、サッとできる青菜とお豆腐の味噌汁、甘い卵焼き。

それだけが、豪奢な螺鈿《らでん》細工の入った御膳に載っている。

すると妓女は、今度は首を横に振って、きまり悪そうに言った。

「あんたが持って行かなきゃダメなんだって……」

………。

「ええーっ?! わ、わたしがお客さんの前に出るんですか?!」

「あ、あたしもよくわかんないよ。杏々姐さんがそう言ったんだから。と、とにかく御膳持って一緒に来て！」

そんな無理ですと言う香織の背中をぐいぐい押して、妓女は座敷へ向かう。

「だってお得意様なんでしょう？　わたしは厨で働いているわけで、お座敷に出ていい身ではないですって！」

「知らないわよう、も、文句があるなら、杏々姐さんに言ってよ！」

香織は妓女ともみ合いながら、しかし御膳を落とすわけにもいかず、上へ上へと押されるままに上がっていく。

最上階の、金碧画の襖の前に着くと、妓女はそっと襖を叩いた。

「おはいり」

中から、鈴の音のような声がする。杏々だろう。香織は妓女に泣きついた。

「や、やっぱり無理ですって」

「あんた、魯達《ろたつ》様の座敷に出たんでしょ？　ならだいじょうぶだって」

「それはちょっと違うっていうか！」

道端で拉致されて、酌を逃れるために料理を作って出しただけだ。

「杏々姐さんが言ったんだから、怒られたりしないって。ほら、大丈夫だから」

「うわわわわ！」

わずかに開いた隙間から、ぐい、と座敷の中に押し込まれ、後ろでぴしゃりと襖が閉まった。

（魯達様とは違う部屋だけど……やっぱり広い！）

三十畳ほどの部屋は、まばゆいほどの豪奢な調度品が並んでいる。

その上座で、杏々が手招きしていた。

優美な笑みを浮かべているが、香織を見る目は笑っていない。

「こちらに御膳を。……ごめんなさい、白龍様。新入りなもので、まだ慣れてないんですの。ほら香織、遠慮していないでこちらに早くお運びするのよ」

――ぼーっとしてんじゃないわよ！

杏々の目はそう言っている。そしてなぜか、その目は意地悪に光っている。

しかし、香織はそれどころではなかった。

「耀藍《ようらん》様?!」

思わず叫ぶと、上座で不機嫌そうに座っていた銀髪の男が顔を上げ、花開いたかのように笑った。

第二十八話　真相とハズれた思惑

「香織《こうしょく》！」

ふらりと立ち上がると、白龍《はくりゅう》――いや、耀藍《ようらん》が、香織の方へふらふらとやってきた。

「耀藍様、なんでここに――って、わぷ⁈」

いきなり耀藍の長身が、崩れ落ちるように香織にかぶさってきた。

「ちょ、ちょっとちょっと耀藍様、御膳が！　こぼれるっ！」

「よかった……香織に会えて！　もう腹が減って死にそうなのだ！」

「は⁈」香織は御膳を守りつつ、懸命に耀藍の大きな身体を腕で押しのける。「その辺のお店で甘味を食べてたんじゃないんですか⁈」

「うむ。それも魅力的だったが、オレはやはり、ちゃんとご飯を食べてから甘味を食べたい主義だからな」

生真面目に答える耀藍を見て、香織はふるふると拳をふるわせる。

「……こんなときにそんな主義《こだわり》を貫かないでくださいっ」

想像するに、きっと耀藍は、最初こそおとなしく店の外で身を隠して待っていたが、そのうち腹が減ってきて、耐えられなくなったのだろう。

ふらふらと店の前に出ていって、死にそうになっているところを妓女たちに保護されたらしい。

「ていうか、吉兆楼のお得意様だったなんて、聞いてませんよ！　しかも白龍って、なんで偽名なんですか！」

「言ったら、香織がぜったいに一緒に連れていってくれないと思ったのだ。偽名なのは、花街で本名を名乗ると、何かと面倒なのでな」

「それならそうと言ってくださいっ」

てっきり甘味を食べておとなしく待ってくれているものと思っていた香織は、脳内怒りメーターがどうしても上がってしまう。

するとと耀藍は、ふくれたように口をとがらせる。

「だいたい、いきがけに香織がおじやの味見をさせてくれなかったのもいけないと思うのだ。オレは結局、昼食を食べてないことになるだろう？」

「う、まあ、それもそうですけど……」

「ということで、怒らないでくれるか？」

（そんなに麗しいくせに捨てられた子犬みたいな目で見られたら、怒るに怒れませんよっ。くうう……美しい人ってズルい！）

怒りたいのに怒れないジレンマで歯噛《はが》みする香織に、耀藍はたたみかけるように無垢《むく》な笑みを向けてくる。

「でもよかった。ここに来たら辛好《しんこう》のご飯もいいのだが、香織が作ってくれるならそれがいいに決まっているからな。というか、よくオレが香織の卵焼きを食べたいと思っているとわかったな！」

あんたがリクエストしたんでしょーがっ、というツッコミを言う間もなく、耀藍は香織の目の前に座り、いただきまーすと食べ始める。

「ちょっと耀藍様っ、こんな出入口で……行儀悪いですよ！　ちゃんと上座に席があるんでしょう――」

見上げると、すぐそこに杏々《しんしん》が立っていて、仁王立ちしている。

赤い口の端を上げたその美貌が、不穏《ふおん》なオーラを放っていた。

「……どういうことなのか説明してもらいましょうか、香織」

◇

「……つまり、白龍様はあんたと一緒にここに来たっていうの？」

上座で機嫌良く白飯をかきこむ耀藍を遠くに見て、香織は頷いた。

「はい。まあ……」

とたんに、杏々が香織の胸倉《むなぐら》をつかみ上げる。

「なんでよっ。なんであんたが白龍様と一緒なのよっ」

「そ、それは」

隣国からのスパイ容疑で見張られている、とは言えない。

「しかも！　なんであんたの作ったものをあんなにうれしそうに召し上がってるわけ?!

どうしてよっ。意味わかんないっ」

「お、落ち着いてください、杏々さん！」

ちゃんと説明しなくては絞め殺されてしまう。

というか、今後の仕事に差し支える。

香織は必死に、返答をひねり出した。

「ええっと、実は、ですね。わたし、馬車に轢《ひ》かれたんですよ。それが耀藍様の御宅《おたく》の馬車で、心配した耀藍様が、今もわたしの体調を気遣ってくださっている、というわけでして……」

ウソは言ってない。

ぎこちなく微笑むが、杏々の視線は冷たいままだ。

「ふうん。ま、お優しいからね、白龍様は。ていうか、耀藍様、っていうのが本当のお名前なのね。それをあたしより先にあんたが知っているっていうのがいまいましいけど、まあ馬車に轢かれたっていう事故のせいなら、仕方ないわよね」

誰に何を言い聞かせているのか、ぶつぶつと杏々は呟いている。香織にお咎《とが》めがあるわけではなさそうだ。

香織は胸をなでおろした。

（耀藍様にはちょっとだけ腹が立ったけど……でも上客っていうのが耀藍様でよかったかもしれない）

ぜんぜん知らない上客だったら、しょっぱい卵焼きがスタンダードなこの異世界で、香織の卵焼きは異端であり、大クレームになったかもしれない。

耀藍は白飯を三杯もたいらげ、最後の卵焼きの一切れを口に運ぶと、満足そうに箸を置いた。

「ごちそうさま。はあ、やっと生き返った」

すかさず杏々がサッとお茶を耀藍の前に置いて、上目遣いに微笑む。

「ようございましたわ。店の前で倒れそうになっていらしたときは、どうしようかと、杏々は心配いたしましたわ」

「もう大丈夫だ。香織のご飯を食べたからな！」

耀藍はすくっと立ち上がった。あわてて杏々が後を追いかける。

「あ、あの白龍様、もう少しごゆっくりされては」

「うむ。香織と約束しているからな。香織が仕事中は勤務先、つまり吉兆楼には近寄らないと。な、香織！」

「え、は、はあ……」

「お腹もいっぱいになったし、今度こそ香織の言いつけどおり、甘味を食べて待っているからな！」

そう言って、意気揚々と耀藍は座敷を出ていった。

「……あんた、覚えておきなさいよっ……」

杏々は鋭い目つきで香織を睨みつけて、耀藍を見送りに行ってしまった。

「な、なんで……？？？」

だだっぴろい座敷に残された香織は、杏々の態度とこの状況に頭を抱えた。

◇

妓女たちが、昼食の鍋を取りにくる時間だ。

昼食は点心や麺類が多い。一つの鍋で作れるからだ。

「辛好さーん、お昼ちょうだーい」

「そこに鍋が置いてあるだろっ、とっとと持ってきなっ」

「はあい。あ、そういば辛好さん、今、白龍様帰ったよ。めっちゃ満足そうに、あの麗しい笑顔が戻ってたわ。辛好さん、さっすがねー」

妓女たちはいただきまーすと言いながら、鍋を運び出していく。

「満足そう、だって？」

あの白龍が、あの小娘の作ったものを気に入ったとでもいうのだろうか。

そのときちょうど、金細工の豪奢な御膳を持って、香織がもどってきた。

「ただいま戻りましたー……」

「おい、あんた」

「は、はい！　あの、すみません遅くなって！　わたしが料理を運ばなきゃいけなかったみたいでっ、その……」

しどろもどろ説明する香織の手の中の御膳は、きれいに空っぽになっている。

「白龍は、食べたのかい」

「え？　あ、はい。あの……」

「もういいっ、作業に戻んなっ。言いつけた仕事、まだぜんぜん終わってないんだろうがっ」

「はいっ」

あわてて調理台に戻っていく香織の後ろ姿を見て、辛好は舌打ちする。

「どうなってんだいっ……。白龍が、あの小娘の作ったものを、文句も言わずに食べただと？」

第四章　兆し

第二十九話　もしもまた、結婚するなら

茜色《あかねいろ》の夕陽《ゆうひ》が、長身の影と小柄な影を通りに作る。

「すまぬ香織《こうしょく》、悪かった。腹が減って耐えられなかったのだ」

「大きい身体して、子どもみたいなこと言わないでくださいっ」

これで本当に、王の側近になる予定の人物なのだろうか。

あれから耀藍《ようらん》は、おとなしく花街の茶屋で甘味を食べて待っていたようだ。

「それに、オレは何も言ってないぞ？　腹が減った、と思ったらちょっとふらついてしまって、ちょっと休ませてもらおうと思って店先に座っただけなのだ」

悪びれずに緑碧の双眸を微笑ますイケメンを見て、香織はふかーく溜息をついた。

「自覚のないイケメンはおそろしいわ……」

「え？　なんだって？」

「なんでもありませんっ。とにかく、もう仕事先には来ないでくださいねっ」

「むう、そういうわけにはいかない。姉上に叱られてしまうだろう、香織ともども」

「〜〜〜っ。じゃあ二度と店先で倒れないよう、おにぎりでも持参で来てくださいっ」

「むむ、香織が何か、新しい料理を作ってくれるのか？　オニギリっていうのか？」

どうやら、おにぎりを知らないらしい。

「お米を、こう、三角にまとめて、海苔《のり》を巻いて食べるんですよ。中に、具も入れます」

「おおっ、なにやら美味そうな食べ物だな！　白米と合うというなら、オレはあの香織が作った佃煮というやつがいいな！」

「あ、いいですね佃煮。合いますよ、おにぎりに。じゃあさっそく明日のおにぎりの具は佃煮に——って」

ハッとする。いつの間にか耀藍のペースになっている。

「もーっ、ダメじゃんわたしっ。しっかりわたしっ」

「ん？　どうしたんだ香織。疲れたのか？　よし、術を使って帰ろうじゃないか」

耀藍が懐から、ぴっと札を取り出し、口元で呪文を唱える。

（もうっ……イケメンのくせに自覚ないし、優しいし、ピュアだし、大金持ちだし……そりゃ妓女が、ていうか女ならほっとかないわよ）

ヤキモキしているのは、耀藍が吉兆楼での仕事のじゃまをするのではという懸念からだったが、なんだか違う方向に心配になってきた香織だった。

◇

小英《しようえい》が玄関口からパタパタと走ってくる。

「おかえり！　香織！」

「ただいま」

おかえり、ただいま、という言葉のラリーが、こんなに温かな気持ちになる幸せをかみしめると、少しだけ苦い思い出が頭をよぎる。

（いつからだろう、おかえり、って言っても、返事がなくなったのは……）

トラックに轢かれる日の朝も、「おはよう」と言っていたのは香織だけだった。

おはよう、おかえり、おやすみ。どれを言っても、誰からも返事が返ってこない。

結衣《ゆい》が挨拶の代わりに「頼んだ物、買ってきてくれた？」と確認するくらい。

それが、死ぬ直前の家庭内の会話だった。

（今考えると、あの状況って普通じゃないわよね……）

どうして、いつから、あんな冷え冷えとした家になってしまったのか。

（あんなに冷え切ってしまう前に、わたしにももっとできることがあったはずだわ）

あの時の苦しかった自分を責めたくはない。あの時はあの状況で最善を尽くし、精一杯生きていた、という感触がちゃんと香織の中に残っているから。

それでも、こうして温かい人との関係に触れると、悔やまずにはいられないのだ。

（そう、だからもう、わたしは同じ過ちを繰り返さないって決めたんだ）

こうやって悔やまれる前世を思い出すたびに決意を新たにしていこう。

（もしこの世界で結婚することがあったとしたら、毎日笑いが絶えない、挨拶も気持ちよくできる家庭を作るんだ！）

そう思ったとき、急に耀藍の顔が脳裏をよぎる。

（な、なんで耀藍様が思い浮かぶわけ⁈　たしかにイケメンだけど、あんな人……ええっと、あんな人だから、あんなだから……）

あんな人、の「あんな」の部分が思い浮かばず、香織はジダモダする。

（耀藍様の欠点って……どこ⁈）

必死で考えていると、小英に袖を引っぱられてハッとした。

「香織、どうしたんだ？　顔が赤いよ？　疲れて熱でも出たんじゃないの？」

「えっ？　だ、だいじょうぶよだいじょうぶ！　ぜんぜん疲れてなんかないよ！　ははは」

あわてて顔をぺちぺち叩くと、小英もにっこり笑った。

「今日のおじやもとっても美味しかったよ！　往診の帰りに、近所の人たちから聞いてたから楽しみにしてたんだけど、ほんとうに美味しくてさ。材料は同じはずなのに、おれが作ったのとぜんぜん味が違うんだよなあ」

「小英が作ったものも、美味しいよ」

「でも、おれは香織が作ったものの方がいいや」

「ふふ、ありがと。すぐに夕飯、作るね」

竈に火を入れていると、華《か》老師が籠を持ってやってきた。

「おお、香織。仕事はどうじゃった」

「はい！　なんとかやってきました」

「耀藍は大丈夫だったのかの。仕事の邪魔をしたんではないのか」

「は、はい、まあ、だいじょうぶです。あはははは」

「ふむ。あやつの立場上、そなたに四六時中くっついておるのは仕方のないことだが
……まあ、邪魔にならぬなら放っておけばよい」

「はい」

「それと、これは明梓《めいし》が届けてくれたんじゃ。採れたてだそうじゃよ」

「わーい、美味しそうですね！」

茎がしゃっきり、葉が青々とした青菜は、みずみずしい。

（これでおひたしをしよう。それと……）

疲れていても、美味しそうな食材を見ると献立が頭に浮かんできて、楽しくなる。けれど支度をしていると、塩や味噌の壺の中身がだいぶ減っていることにイヤでも気付く。

（やっぱり、食堂となると作る分量が多いから、調味料の減りも早いわよね……）

辛好《しんこう》の不機嫌そうな顔を思い浮かべると、明日もあのシゴキかあ、と溜息が出るのだが、ここは気合を入れ直す。

「早く仕事を認めてもらって、正規雇用してもらって、お給金をもらって、華老師宅の食材を買い戻して、食堂で使う物を自分で買ってこなくちゃ！」

第三十話　二人の距離感

今日の献立は、

青菜のおひたし
大根の煮物
豆腐とネギの味噌汁

そう決めて、準備を始める。

ついでに、出汁を取ったあと保管しておいた昆布をまとめて、佃煮にするべく鍋でくつくつと煮る。

煮物をしようと、ご近所さんから華老師《かせんせい》への謝礼の大根をむいていると、「うわあ！危ないですよ耀藍《ようらん》様!!」という小英《しようえい》の大きな声が聞こえた。

「どうしたのかしら」

香織《こうしよく》は火の加減を見て、包丁の手を止めた。

「ていうか、危ない、って耀藍様が小英に言うならわかるけど」

やんちゃ盛りの小英にほぼ大人の耀藍が注意される状況とは、いったいなんだろう。

腰にさげた手拭で手を拭きつつ庭へ出て——香織は仰天した。

「なっ、なにしてんですか耀藍様⁉」

そこには、白銀の髪によく映える、上等な藍絹《あいぎぬ》の深衣《しんい》姿の耀藍が、米俵を両肩に担いでニコニコと立っていた。

「え？　なにって、オニギリって白米を使う料理なんだろう？」

「そ、それはそうですけど」

「だから実家から持ってきたのだ」

「そ、それはありがたいですけどっ！　そんな細腰で米俵なんか担いだら、折れちゃいますよ！」

きょとん、としている耀藍から米俵を一つ受け取ろうとすると、耀藍が素早くひょい、と避《よ》けた。

その勢いで香織は耀藍の胸に倒れこみ、半ば抱きついた格好になってしまう。

「す、すすすいません！」

急に接近した距離に驚き、カッと顔が熱くなる。

「だ、大丈夫！　ぜんぜんだいじょうぶなのだ！」

なぜか耀藍も白皙《はくせき》の顔を朱に染めている。

「そそそれに！　香織こそそんな華奢な腕で米俵を担いだら折れてしまうぞっ。香織の腕が折れたら、香織の料理が食べられなくなってしまうではないか！」

耀藍はしどろもどろになりながらも軽々と米俵二つを担いで、土間の隅に置く。

「どうした、騒がしいのう」

居間から華老師が出てきて、顔をほころばせた。

「おおっ、耀藍よ、そなたもたまには気の利いたことをするのう。たくさんの米、ありがたいのう。それにしても、顔が赤くなるほど肉体労働するとは、そなたにしては珍しい心がけじゃな」

「う、うむ、香織が、オニギリなるものを作ってくれるというのでな！」

「オニギリ？　なんじゃ、そりゃ」

「白米を使った料理らしい。ほら、そこでいい匂いをたてている、その佃煮を入れてくれるのだそうだ」

「ほう」

二人の会話の横で、香織はハッとする。

「鍋！　焦げちゃう!!」

『いい匂い』が『こうばしい匂い』になっている。香織はあわてて火を加減した。

（耀藍様とちょっとぶつかっただけなのに……）

まだ高鳴っている胸を抑えるように、香織は木べらでなべ底を混ぜた。

◇

華老師と居間へ行きつつ、厨に立つ香織の後ろ姿をそっと盗み見る。

（ど、どうしたというのだ、オレは）

香織の手が触れ、身体がちょっとぶつかっただけだ。

それなのに、稲妻に打たれたような衝撃が身体に走った。急に縮まった距離感がさらに心臓を高鳴らせた。

（術の修行中ですらあんな衝撃は経験したことはないぞ！）

しかも香織の手や身体は嘘のように柔らかくて、守らなければ壊れてしまいそうで。

もし両手に米俵を持っていなかったら、抱きしめていただろう。

（まてまてまて‼　だだだ抱きしめるなど婦女子に対して何という不埒《ふらち》な妄想を！　オレは何を考えているのだ！）

再び高まった鼓動を抑えるように、華老師が淹《い》れてくれた湯呑《ゆのみ》の中身を思いきり煽《あお》る。

「ぐほっ⁉」

盛大に噴き出した耀藍に、華老師が顔をしかめた。

「何をやっとるのじゃ、薬草茶を一気飲みするバカがおるか」

華老師が土間へ下り、香織と何か話をしている。布巾を借りるついでに耀藍の失態を話したのだろう。

すると、香織がおかしそうに笑った。

その笑顔を見たとたん、耀藍は動揺のあまり椅子に崩れこんだ。

（な、なんなのだあの可愛らしさは……！）

しかし耀藍はぶるぶると顔をふるう。

（いかん！　せっかく日々美味しい料理を作ってくれる香織に対して、こんな不埒な妄想を抱くなど失礼だろう！）

すでに香織の料理が毎日に欠かせなくなっている耀藍にとって、香織はもはや神に近い。穢《けが》してはならない神聖な存在とまで思っている。

（まてまてまて、冷静になれ。そう、可愛いものは可愛いのだから可愛いと思うのは仕方ないではないか！　それを香織にわからないように、失礼にならないようにオレの中だけに隠しておけばいい！　そうだそうしよう！）

よくわからない納得の仕方で、耀藍は自分を落ち着かせたのだった。

◇

「いただきまーす」

四人で、手を合わせて箸を取る。

「ん！　美味いなあ、やっぱり香織の味噌汁は」

小英《しょうえい》が豆腐を箸でつまむ。

「豆腐がいい具合なんだよな。おれが作るとなんか硬くなるんだよ。なあ香織、どうしてだと思う？」

「うーん……もしかして、お豆腐、早く入れてない？」

「えっ、どうしてわかったんだよ。おれ、豆腐入れ忘れたり、落としたりするのがイヤで、いっつも先に入れるんだ」

「お豆腐は最後でいいと思うよ」

味噌を溶き入れる寸前。そのタイミングがいちばんいい。豆腐のちゅるん、とした風味が活きる。

「そうなんだ」

小英はしきりに感心している。

「勉強になるな。おれも今度やってみる。って……」

小英が急に箸を置いた。

「？　どうしたの？」

「うん……おれ、これかもずうっと、香織が作ったご飯が食べたいなあ、って……」

小英は、顔を赤くしてもじもじと言った。

その姿に、胸がきゅんとする。

（か、かわいい……っ）

香織はじーんとして、うんうんとうなずいた。

「もちろん、わたしで良ければずっとご飯作るよ！」

「ほ、ほんと？」

「うん！」

小英の顔がうれしそうに破顔する。

「オレも！　オレもずっと香織が作ったご飯がいいぞ！」

すかさず横から、耀藍がずいっと身を乗りだす。

「そなたは家に帰ってメシを食え。なんで毎日ここで食っとるんじゃ」

「いいではないか。食材も持ってきているぞ」

「そういう問題じゃないわい！」

耀藍と華老師がわーわー言い合っているのを見て、香織は笑い声を上げる。

（声を上げて笑うなんて、久しぶりだな……）

ご飯のときにみんなが笑ってくれるとうれしいし、ありがたい。がんばって作ってよかったと、食卓をながめてうれしくなる。

（決して豪華な献立ではないし、わたしの料理の腕だって、たいしたものじゃないけど……）

それでも、自分が整えた食卓をみんなが笑顔で囲んでくれることで、こんなにも胸が温かくなる。

そして思い出す。もしもまた結婚するなら、と考えたときに耀藍の顔が浮かんだこと。

耀藍にぶつかっただけで、その距離感に動揺したこと。

（耀藍様とはきっと、こうやって食卓を囲む距離感がいいんだわ。この日々の幸せを守るためには……）

香織は大根をかみしめた。しみた出汁がじゅわっと口の中で広がる。

今はこの美味しさを、四人で食卓を囲める温かな時間を大切にしたい。

第三十一話　辛好《しんこう》と胡《こ》蝶《ちょう》の会話①

——華《か》家の食卓に笑い声が響いている、その頃。

色とりどりの明かりが灯《とも》る花街、ひときわ絢爛豪華《けんらんごうか》な吉兆楼。

その中庭、夜闇に飛ぶ美しい蝶のような人影が、片隅に建つ厨房の扉にすべりこむ。

「辛好。今日の煮物、いつにもまして絶品じゃないの！」

建安《けんあん》一美しき妓女——吉兆楼の店主・胡蝶は、上機嫌で竈の横にある椅子に座り、不機嫌そうな老婆に話しかけた。

「うるさいねっ、そんなことを言いにわざわざ来たのかいっ。仕事しなっ」

「あらあら、ずいぶんご機嫌ナナメねえ。あの娘《こ》のこと、そんなに気に入らない？」

「……聞くぐらいなら最初から送りこむんじゃないよっ、あんな娘っ」

客用と妓女用の汁鍋を交互に見ながら、辛好は舌打ちした。

「仕方ないでしょ。魯達《ろたつ》様の前で約束しちゃったし。それに、あたしはああいう一生懸命だけど不器用そうな娘って、放っておけないのよ」

「ふん、綺麗ごと言うんじゃないよ。今まで、厨で三日ともった娘はいないんだ。身をもって現実を知らせて厨をあきらめさせて、座敷で使うつもりなんだろ。魂胆が見えすいてるよ」

「あーら、そんなこともないのよ、今回は。まあ、厨でも座敷でも、どっちでも使えるなって思ってはいるけど」

「はんっ、厨じゃ使いものになんぞならんわっ、あんな小娘！」

吐き出すように言うと同時に、辛好は、妓女用の汁鍋からすくった灰汁をじゃっと勢いよく捨てる。

その灰汁が衣にかからないように、胡蝶は器用に裾をたぐった。

「そうかしら？　だってもう、三日目でしょ？　少なくとも、これまでの娘たちより根性はあるんじゃない？」

「根性じゃ料理は作れないだろうが」

胡蝶は、辛好から手渡された椀《わん》に、そっと赤い花びらのような唇を付けた。

「――ん。澄んで絶妙な塩味。極上の吸い物だわ。ほんと、辛好の料理は最高よ。貴女より信頼できる料理人って、他にいないわ。でも」

胡蝶は、椀を返しつつ、きらん、と目を光らせる。

「今日の煮物が格段に美味しかったのって、香織《こうしょく》のおかげなんじゃないの？」

とたんに、老婆がくわっと目をむいた。

「ばっ、馬鹿なこと言うんじゃないよっ。あんなド素人の小娘に調理なんかさせるわけないだろっ」

「わかってるわ。香織がやったのは、野菜の皮むきと下ごしらえでしょ？」

「わかってんなら聞くんじゃないよっ」

「その下ごしらえで、香織はたぶん、何かひと手間加えたんだと思うの。辛好に指示されてない何かを」

辛好は黙っている。さらに胡蝶は続けた。

「気付いてるんでしょ？」

「…………」

「今日の煮物って、昔、あたしがまだ売れっ子になる前に、辛好が作ってくれた煮物の味なのよね」

「……美味しさがちゃんと残るなら、省ける手間は省く。こっちは一人でやってんだ。文句あるのかい」

ふふ、と胡蝶の赤い唇が美しく弧を描く。

「まさか。言ったでしょう、あたしは辛好を信頼してるって。その辛好と同じ質の調理ができる人材は、この吉兆楼にとっても、辛好の健康にとっても、大事。そう思ってるだけよ」

「……余計なお世話だ。とっとと仕事に戻んなっ」

「はいはい」

胡蝶は来たときと同じように、そっと厨房を出ていく。

「約束の一週間まで、あと四日か。さて、どちらに転ぶかしらね、香織は」

夜闇に飛び立つ蝶のように、胡蝶は帯を翻して煌々《こうこう》と輝く楼へ戻っていった。

第三十二話　おにぎり

朝食を食べながら、華老師《か》が言った。

「香織《こうしょく》よ、おにぎりとは、どのような食べ物なのだ？」

「なにやら美味しそうだぞ。白米をこう、握ったものだそうだ」

「ええっ、これを握るって、どういうことだ？」

耀藍《ようらん》の言葉に、小英《しょうえい》はお茶碗《ちゃわん》の中の白米をしげしげと見つめる。

香織《こうしょく》は、昨夜の残りの青菜のおひたしを味変《あじへん》した胡麻和《ごまあ》えを、ご飯の上にちょん、とのせた。

「お茶碗で食べるときは、こうやって、お惣菜を上にのせて、ご飯と一緒に口に運びますよね。おにぎりは、上にのっているお惣菜を包むようにして、白米をにぎった食べ物なんです」

へえー、と三人は不思議そうに頷く。

すると華老師が、

「食べやすい形状じゃな。ぜひ、食堂で出したらどうじゃ？」

と言った。

「ええ!?」

たしかに、食堂で出すにはピッタリな形状だが。

「駄目かのう」

「い、いえ、そうではなくて！　調味料だけじゃなくお米まで、華老師の家の物を使うなんて、できません！」

香織が言うと、華老師はふぉっふぉっふぉと笑う。

「これは耀藍が持ちこんだ米じゃ。遠慮なく使ったらいいんじゃないのか？　のう、耀藍」

「香織が作る美味しい物を他の者には食べさせたくないという気持ちと、こんなに美味い物があるのだ！　と他の者に広めたい気持ちがせめぎ合っているんだが……」

神妙な顔で腕組みする耀藍を、華老師が軽く小突く。

「ほれ、持ってきた本人もこう言っておる。食堂で出すがよい。皆、喜ぶじゃろうて」

「おれも帰ってから食べるの、楽しみにしてるよ！」

そんなわけで、花街で耀藍がぶっ倒れないようにするためのおにぎりは、食堂でも出されることになった。

◇

ということで、華老師と小英が往診に出かけた後、香織はさっそく米を炊き始めた。

二つある土鍋を二回ずつ稼働させ、十二合の米が炊ける。

「子どもたちにも食べやすい大きさにすれば、けっこうたくさんできるかも」

異世界の人たちにおにぎりが受け入れられるだろうか。

とりあえず、食べきれるくらいの量で試してみようと思う。

具には、作ってあった佃煮と、米を炊いている間に作っておいたネギ味噌だ。

ネギ味噌は、これも前世、香織がよく作っていたレシピで、ネギと、味噌と、砂糖少な目のみりん多め……なのだが、みりんがないため、砂糖を多くして酒をちょっとだけ多めに入れておく。

「今日は、佃煮とネギ味噌に甘味があるから、出汁巻き卵にしようっと」

先日、耀藍がこれまた蔡家から持参した卵がまだたくさんある。

「たくさん卵が使えるんだから、ダイナミックにケーキ型にしようかな」

鍋の形そのままに、大きな円に整えた出汁巻き卵を、五つ作った。

出汁巻きたまごを冷ましている間に、こちらも冷ましておいた白米を握り始める。白米はあまり冷ますと美味しくなくなる。適度に冷ます、このタイミングが重要だ。

きれいにしたまな板に、塩、細かく刻んだ佃煮、ネギ味噌を並べ、順番に取りながら握っていく。

遠足やお弁当など、持ち歩くおにぎりは一個につき二十五回、リズミカルに握る。

朝ごはんなど、すぐに食べるシチュエーションのおにぎりは、具を包むようにふわっとまとめてから一個につき三回ほど、優しく握る。

これが香織流だ。

今日は食堂で出すので、二十五回バージョンにした。子どもから大人まで食べる物なので、崩れにくい方がいい。

握ったおにぎりは、二つ用意した大き目のザルに佃煮、ネギ味噌、と分けて並べていく。

「——おにぎり完成！　ひい、ふう、みい……四十個できたわね。初めて食べてもらうには、ちょうどいいかな？　これで海苔があれば、最高なんだけどな……」

四十個ものおにぎりに華老師宅の家にある海苔を使ったら、無くなってしまう上に足りないし、そもそも申し訳なくてそんなことはできない。

「海苔があれば完成なのか？」

「ひゃあ?!」

気が付けば、耀藍の整った顔がじいっとおにぎりに見入っている。

「ちょ、ちょっと耀藍様！　まだですよ！　まだ食べないでくださいねっ」

「むう、海苔を持ってきたら食べさせてくれるか？」

「えっ、う、それは……」

「くれるんだな？　よし！」

耀藍は普段のおっとりとした動きからは想像もつかない素早さで外に走り出る。

「あっ、ちょっと耀藍様！」

香織が外をのぞいた時には、耀藍の姿はもうなかった。

耀藍が瞬間移動に使う、あの謎の札が、宙に舞って消えていくところだ。

「うう、蔡家《さいけ》の厨に頼るのも何かちがう気がするんだけど……くれる物はありがたくいただいて、みんなに食べてもらえばいっか！」

そう思い直して、香織は厨《くりや》にもどる。

「耀藍様が来る前に、出汁巻き卵を切っておこうかな」

冷ました出汁巻き卵を、ホールケーキのように八等分ずつカットしていく。

その作業がちょうど終わったとき、

「香織！　海苔を持ってきたぞ!!」

「早っ。もう戻ったんですか?!」

「これでいいか？」

黒い束をいくつも抱えた耀藍を見て、香織は絶句する。

「い、いったい何帖《なんじょう》?!　何帖持ってきたんですか?!」

「わからん。厨からテキトーに持ってきた」

テキトーにこれだけの量を持ってこれるなんて……つくづく、異世界の貴族の家ってすごい、と思う。

「と、とにかく……ありがたくいただきますね！」

海苔の束を受け取り、使わない分はとりあえず行李《こうり》に入れ、海苔を手でカットしてどんどん巻いていく。

「おおっ、そのように海苔を使うのか。面白いな！」

「こうすると、食べるときにお米が手にくっつかなくて便利だし、美味しいですよ」

そろりとザルに伸びてきた耀藍の手を、軽くぺしりと叩く。

「ダメです。全部終わるまで待っててくださいっ」

「ううっ……美味しそうな物が目の前にあるのにおあずけなんて……こういうのを生殺しというのではないのか？」

涙目になっている耀藍を無視して、ひたすらおにぎりに海苔を巻いていく。

具のちがいがわかるように、海苔の巻き方を「着物巻き」と「昔話巻き」に分ける。

ちなみに「着物巻き」とはおにぎりに着物を着せるように巻くこと、「昔話巻き」は昔話に出てくる挿絵のおにぎりのアレだ。前世、香織は、そう呼んで分けていた。

「できた！」

おにぎり二種（具は佃煮とネギ味噌）
出汁巻き卵

おにぎりと出汁巻き卵をお皿にのせて、厨の隅でいじけている耀藍に差し出す。

「お待たせしました、耀藍様。おにぎりは花街に持って行く分もあるから、今はこれだけですよ？」

「……食べていいのか？」

香織が頷くと、目を輝かせて耀藍はお皿を受けとり、土間の上り口に腰かけて「いただきます」と手を合わせ、いそいそとおにぎりを箸でつまんで口に運ぶ。

「うまい!!　おにぎり、美味いぞ!!」

「耀藍様、手、ちゃんと洗ってますか？」

「うむ、もちろんだ。食べる前は手を洗えと、幼き頃より口うるさく言われてきたからな！」

「なら、おにぎりは手で食べて大丈夫ですよ」

「そうなのか？」

耀藍がおっかなびっくり、手でおにぎりをつまんだとき、勇史《ゆうし》が土間に入ってきた。

「こんにちは香織……って、耀藍様、何を食べてるんだ？」

おにぎりを手でつまんでいる耀藍を見て、勇史は目を丸くする。横にいる妹の鈴々《りんりん》もぽかん、として指さした。

「ようらんさま、手で食べてる。おぎょうぎわるい」

「あはは、ちがうのよ鈴々。これはおにぎり、って言って、手で食べていい食べ物なのよ」

「手で食べていいの？」

鈴々の顔がぱっと明るくなる。

「本当かよ？」

勇史も半信半疑な様子だ。

（この世界は、きっと手で食べ物を食べないのがマナーなのね。でもって、この子たちきっと、小さいからまだ箸がうまく使えないんだわ）

微笑ましい気持ちで、香織は大きく頷いた。

「そうよ。手で食べていいの。その代わり、よーく手を洗ってきてね」

勇史と鈴々は競うように手を洗いにいく。その間にも、

「こんにちはー！」

「おう、今日もいい匂いしてるなあ」

「おなかすいたー」

にぎやかな声と共に、続々とご近所さんがやってきた。

第三十三話　厨の主

おにぎりは大好評のうちに、あっという間になくなった。

「よかった……海苔を巻いちゃったから、あまったら困るなって思ってたけど」

胸をなでおろす香織の隣で、耀藍《ようらん》がアクアマリンの瞳を憂い気にかげらせ、香織をのぞきこむ。

周囲が見れば切ない恋の告白でもしているような艶《つや》っぽさをかもし出す耀藍だが。

「オレのおにぎりは、なぜふたつしかなかったんだ？　櫂兎《かいと》や勇史《ゆうし》は三つ食べてたぞ？　香織はオレのことが嫌いなのか？」

「～～っ。さっきのと、今から花街で食べるぶん合わせて四つでしょう！　ていうか、子どもと比べないでくださいっ」

「うう、だって、も一個食べたかったんだ、おにぎり……」

「はいはい。もうすぐ食べられますよ！　ほら、着きました」

吉兆楼の店先に立ち、香織は耀藍をくるりと振り返る。

「お願いですから、今日はおにぎりと甘味で乗り切ってくださいねっ。耀藍様と一緒に来たことがバレたら、妓女さんたちにまた責められちゃいますから！」

「そ、そうなのか香織……責められたのか⁈　す、すまん、関係のない人間を仕事先に伴うのは、たしかに迷惑だったな」

（そうじゃなくて！　耀藍様と関係あるから責められたんです！）

あの上客の白龍《はくりゅう》様（耀藍が花街に来るときの偽名らしい）とあんなに関係深そうな女は何者⁈　という嫉妬の視線だ。

「ま、まあとにかく、わたしはずっと厨房から出ませんし、怪しげなこともしませんから！　その点は安心して紅蘭《こうらん》様にご報告してください」

「うむ、今日は倒れたりしない。今日は香織の作ってくれたおにぎりがあるからな！」

耀藍は、機嫌よく、行きつけの甘味屋へ去っていった。

「さて、わたしも早く厨へ行こう」

誰もいない玄関広間を抜け、中庭に出る。

夜とはうってかわって静かな吉兆楼の中で、うっすらと煙を吐き、ここだけは起きていると感じさせる厨房。

――しかし。

扉を開けるなり、辛好《しんこう》が仁王立ちで待ちかまえていた。

ぎょっとする香織だが、懸命に笑顔を作る。

「あ、あのう、こんにちは。今日もよろしくおねが……」

「あんた、煮物に何したんだい」

「へ？」

「昨日の煮物だよっ。あたしが言ってないことを、あんたやっただろう。何をやったのか言えって言ってんだよ！」

「は、はいっ、ええっと……」

よくよく昨日のことを思い返し、やっと、思い当たる。

「辛好さんに言われていないことといえば、サトイモを茹《ゆ》でこぼしたことでしょうか……？」

「余計なことするんじゃないよっ」

間髪入れず、辛好が怒鳴る。

「あんたは言われたことだけやってればいいんだっ。異国の娘だか何だか知らんが、ちょっとぐらい厨仕事ができるからって調子に乗るんじゃないよっ」

喰いかかってきそうな勢いで怒鳴ると、辛好は背を向けて自分の作業場へ行ってしまった。

（な、なんであんなに怒っているんだろう……）

たしかに、サトイモの茹でこぼしは辛好に指示されていなかった。

しかし、茹でこぼしたほうが見た目良く仕上がる。味も上品になる。

よかれと思って、香織はやったのだが。

(やっぱり、怒られちゃったな……)

鼻の奥がツン、とする。

視界がにじみつつも、香織は襷で上衣をまくり、手を洗う。

(よかれと思ってやったことなのに、どうして……)

――こんなことを、かつて、思ったことがあった。

ハッと、顔を上げる。いつだったか。あれは――

(そう。結婚したての頃だわ。夫の実家に行ったとき)

年末、正月に食べる用の煮物に入れるこんにゃくを、飾りこんにゃくにしたことがあった。

それを義母に、こっぴどく怒られたのだ。

(あのときも、余計なことをするんじゃない、って言われたな)

あの時はまだ若く、自分の調理が未熟だからだと思っていた。

でも、そうじゃなかったのかもしれない。

(料理が、お義母《かあ》さんの思い通りに完成できなかったから、かもしれない)

それを老人のワガママだと思えば理不尽で腹の立つことかもしれないが、ちがう見方もできる。

台所の主は、一人でいい。

前世、主婦歴を重ね、テレビである有名レストランの厨房を取材したドキュメンタリー番組を見て以来、そう思うようになった。

シェフが指示を出し、他の人々はそのシェフの言う通りに動く。食材の切り方から、煮込み、焼きの時間まで、じつに細かい部分までもシェフの指示通りにしていることに驚いた。

シェフの理想にすべてを近付ける——それでこそ、その厨房全員が目指す、理想の料理というものができあがるのだそうだ。

(そうだとすれば、夫の実家のキッチンの主はお義母さんだし、この吉兆楼の厨の主は、辛好さんだわ！)

そうであれば、昨日自分のしたことは、なんと思いあがった余計なことだったのだろう。

辛好が怒るのも、無理はない。

「辛好さん！」

辛好は香織の勢いに驚いた様子で少し身を引きつつ小言も忘れない。

「な、なんだいっ、いきなりっ。厨の中で走るんじゃないよっ。食材になにかあったら——」

「あのっ、昨日はよけいなことをして、すみませんでした！」

「わ、わかればいいんだ。さっさと今日の仕事をしなっ」

しっし、と犬猫を追い払うように辛好は手を振るが、香織は引き下がらない。

「食材の切り方を教えてください！」

香織の申し出に、辛好はシワに埋もれた目を見開く。

「なんだって？」

「食材の切り方を、一から教えていただけないでしょうか」

「はんっ、やっと化けの尻尾を出したかいっ。包丁も満足に使えないクセに厨で働きたいなんて図々しいにもほどが――」

「そうじゃなくて！　辛好さんの、か、か、切り方を教えてもらいたいんです！」

「はあ？　何言ってんだい、あんた」

「たとえば、煮物一つでも、食材の切り方って人それぞれです。にんじんひとつ、大根一つ、ちがいます。辛好さんなら、どう切るか、どう作るかを教えてほしいんです」

すると、辛好のしわくちゃの顔が、怒気で染まった。

「なっ、なに言ってんだいっ。あんたも、あたしに隠居しろってのかいっ。あたしゃまだまだ元気だよっ。なのにあんた、このあたしに取って代わろうなんて、つくづく図々しい小娘だっ」

香織も負けじと大声を張る。

「ち、ちがいますっ。とんでもないですっ。この吉兆楼の料理は、辛好さんにしか作れませんから！」

「なっ……」

辛好は口をあんぐり開けて、むきかけのにんじんを手に持ったまま、固まっている。

「だからこそです。辛好さんの作り方、切り方、それらを完璧に再現してこそ、わたしにも吉兆楼の料理のお手伝いができると思うんです。だから、教えてほしいんです」

香織の話の意図を理解したらしい辛好は、視線をせわしなく泳がせる。

「は、はんっ、あんたみたいな小娘に、あたしと同じことができるもんかっ」

「もちろん、辛好さんとまったく同じには無理かもしれません。足元にも及ばないかもしれない。それでも、辛好さんのやり方を知っているのと知らないのとでは、出来上がる料理に差が出ると思うんです。知っていれば、辛好さんが考えている通りの料理に近付けると思うんです」

「………」

「ダメですか？」

辛好は、ふい、と香織に背を向けた。

（やっぱり、そもそもわたしは嫌われているみたいだし、ムリかな……）

そうなると、吉兆楼で働くこと自体を、あきらめなくてはならないかもしれない。

すごすごと自分の作業場に戻り、野菜を洗っていると、後ろから背中を叩かれた。

「おいっ、人に聞いといて、なに勝手に話を中断してるんだいっ。早く包丁持ってこっちに来なっ」

香織は驚いて、そして次の瞬間、胸の奥底から熱いものがこみあげる。

「あ……ありがとうございますっ」

「うるさいっ。まだなんにも教えちゃいないよっ。とっとと野菜籠を持って、こっちに来なっ」

「はいっ」

それから仕事終了時刻まで、香織は本日の料理の下ごしらえをしながら、辛好流の食材の切り方をみっちり仕込まれたのだった。

第三十四話　辛好《しんこう》と胡蝶《こちょう》の会話②

香織《こうしょく》が吉兆楼の厨を出ると、夕陽が中庭の梅や桜の木を黄金色に照らしていた。

「う、うう、手が痛い……でも、すっごく勉強になったわ！」

辛好《しんこう》は、一言で言えばプロだった。

包丁の扱いから食材の切り方から下ごしらえまで、すべてが目を瞠《みは》るものだった。

前世主婦歴十五年、調理に関しては一通りのことはわかっているつもりだった香織でも、目からウロコの技がたくさんあった。

「かなりご年配だと思うけど、そんなこと感じさせない技術だったわ」

不機嫌そうで、相変わらず怒鳴り散らすが、辛好は教え方が熱心だし、料理に対する確固とした信念がある。

お客さんに、美味しい料理を食べてもらいたい——その一点だ。

美味しい料理を食べてもらいたいという気持ちは、香織にもよくわかる。

「これからは、辛好さんの言うことをきちんと守っていこう」

信じれば、信じてもらえる。

そう、信じて——。

「——って、耀藍《ようらん》様⁈」

吉兆楼の少し先の甘味屋の店先で、さめざめと泣いている耀藍を見つけて香織は駆け寄った。

「どうしたんですか一体⁈」

「……お腹空いた」

「しょっぱいものが食べたい。香織のご飯が食べたいぃ――」

そう言って端麗な目元を手拭でぬぐう耀藍の脇には、あんみつを食べたらしい器が三枚、積みあがっている。

「は？」

「お腹空いたって……おにぎりは?!」

「食べられなかった」

「は?!　どうしてですか?!」

「それが……」

耀藍の話は、こうだ。

耀藍が行きつけの甘味屋の店先で、おにぎりの包みを広げ、いざ食べようとした矢先、目の前で妓女らしき者が倒れた。

その妓女があまりにもガリガリに痩せているのでかわいそうに思い、「食べるか？」とおにぎりを差し出した。

「そうしたら、二つとも食べてしまったんだ！　オレは二つともやるとは言ってないのに――!!」

耀藍はそう言っておいおい泣く。

「もう、子どもですか貴方《あなた》は！　わかりましたから、そんなに泣かないでください。帰ったら、また作りますよ、おにぎり」

「ほんとうか?!」

涙にぬれたアクアマリンの瞳が、パッと輝く。

「はい。だから早く、帰りましょう」

「うむ!」

そこでようやく耀藍が立ち上がり、二人は帰路についたのだった。

◇

開店前のたそかれ時、胡蝶は厨房で、今日の料理の味見をしていた。

すべての作業を終えた辛好が、竈の脇で煙管《きせる》をふかしている。

「胡蝶」

「なあに、辛好さん」

「あの小娘、香織といったか。あれを、ここで使ってやってもいい」

胡蝶の美しく弧を描く眉が、驚きに上がった。

「ほんとう? びっくりだわ! 辛好さんが誰かを使うなんて、初めてじゃない!」

これまでも、吉兆楼の厨で働きたいという娘や板前は掃いて捨てるほどいたが、かたっぱしからイビリ倒して追い出してきた辛好だ。

「正直、貴女のイビリにあって、心が折れちゃうんじゃないかって心配してたんだけど。香織、だいじょうぶそうなの？」

「ふん。虫も殺さないような可愛い顔して、なかなかホネのある小娘だよ。いまいましい」

辛好は煙を盛大に吐き出す。ほめているのかけなしているのかわからないが、そもそも辛好が人物評をすること自体、珍しい。

「気に入ってくれたのね、香織のこと」

「はん。ちょっと使ってやるだけだ。ヘマやったら速攻クビだ」

「あら、あたしに黙ってクビにはしないでね？」

「うるさいね、わかってるよっ。あの娘、金が要るんだろう」

花街に売られてくる娘、働きたい娘は、皆なにがしかの事情を抱えている。そして皆、金を必要としてるのだ。

花街で生きてきた辛好は、ちゃんとそのあたりを見抜いている。

胡蝶が、小皿の吸い物に口をつけつつ、頷く。

「そう。なんかね、お金が必要みたいなのよ。でも妙なの。あの子、白龍《はくりゅう》様のような羽振りのいい方とも親しいみたいだし、噂で聞いたんだけど、華《か》老師のところに居候してるっていうのよ」

「なんだって？」

華老師は、花街でも有名だった。建安《けんあん》の都に医師は多いが、それはほとんど貴族や裕福な家の御用達《ごようたし》。庶民を診る医師は、ほとんどいない。

華老師は、そのほとんどいない庶民を診る医師の一人として、下町では名が知られていた。

「華老師が、若い娘を働かせるとは思えないが……」

「そうなのよ。だから、なんか事情があるんじゃないかしら。いずれにせよ、辛好さんの気が変わってくれてよかったわ。吉兆楼の厨もこれで安泰ね」

「はんっ。あたしを厄介払いする気だろうが、そうはいかないよ！」

「もう、歳とってひがみっぽくなったわねえ、辛好さん。これはあたしなりの気遣いなのよ」

「気遣い？　おまえの口からそんな言葉が出るとはね」

「あら、失礼ねえ。吉兆楼を建安一の妓楼に押し上げてきたのは、あたしの手腕と美貌、それと辛好さんの料理があってこそだわ」

最高級妓楼の条件は良質の妓女、そして他の店よりも美味しい料理だ。この二つの条件が超一流であればこそ、建安一の妓楼といえる。

その品質を、今日まで胡蝶と辛好とで、守ってきた。

「ふん。おべんちゃら言ったたって、何も出ないさ」

「本当にそう思ってるわよ。一人で厨房を回すのは、大変でしょう。厨房の片側、もうだいぶ前から火を入れてないこと、知ってるんだから」

「……………」

「火の管理ひとつ取っても、昔のようにはいかないでしょう。だから、辛好さんがまだまだ余裕があるうちに、後継者の育成が必要だと思っていたの。そこへ、あの娘がやってきた」

味見を終えた胡蝶は、辛好の隣に腰掛け、懐から銀細工の美しい煙管を取り出した。

「これも、何かの巡り合わせだと思わない？」

「……ふんっ、好きにすればいいさ。ここはおまえの店だ」

「あたしと辛好さんの、でしょ？」

胡蝶は静かに紫煙をくゆらせ、微笑んだ。

第三十五話　小さくても、大きな一歩

開け放した厨の小窓から、近所の子どもたちの遊ぶ声が聞こえる。

小英《しょうえい》は中庭で洗濯物を片付けている。

華老師《かせんせい》は薬草を薬研《やげん》で丹念に潰《つぶ》しつつ、耀藍《ようらん》と何やらかしましく話をしている。

そんな何気ない日常の風景が、香織《こうしょく》の胸を温かくした。

前世では忘れかけていたこういう温かさを感じるたびに、智樹《ともき》や結衣《ゆい》や夫も、日常の中に温かさを見出《みいだ》す時間を持てていたらいいな、と願わずにはいられない。

それならば、香織がいなくなってももし困ったことがあったとしても、乗り越えられていると思うから――。

「よし。作るぞー」

襷《たすき》で袖をくくり、火を熾《おこ》す。

「今日の献立は……」

鶏肉《とりにく》と大根の炒《い》り煮
青菜のかつお節胡麻和え

豆腐とネギの味噌汁

今日は華老師と小英が、往診の帰りに市場で鶏肉を購入してきてくれたので、新鮮なうちに長持ちする調理をすることにした。

この世界には冷蔵庫がないので、肉は手に入った日に調理する。

まずは鶏肉を油で炒《いた》めて、丁寧に旨味をとじこめてから、大根といっしょに少な目の水を入れて煮る。

鶏肉の旨味が大根に染みてきたところで、甘辛く炒《い》りつける。

炒りつけることで、しっかり味が染みて、数日は食べられるからだ。

ついさっき、辛好《しんこう》にみっちりしごかれた大根の面取りの復習をしつつ、肉料理があるときに前世でよく作った、香ばしさをプラスできるかつお節胡麻和えも同時進行で作る。

「炒り煮は、明日、あまったら食堂でも出せるように、大根を使いきっちゃおう」

食堂に持ちよってもらった大根をたっぷりと使いきって、明日の算段もつけたところで、「ごはんだよー」と香織は大きな声を上げた。

◇

「オニギリって、美味いね！」

　夕飯の食卓を囲んで、小英が言う。

「こうやって、茶碗によそってある白米も美味いけどさ。それとはまた、別の美味さなんだよ。不思議だよね、同じ白米なのに」

「うむ。たしかに、そうだな。こうやって握られているだけで、何か別次元の食べ物のように美味くなるのだ」

　耀藍は手におにぎりを持って満足そうに頷く。帰り道に約束したので、香織は耀藍の白米をおにぎりにした。

「それはよかったですけど、耀藍様、食べ過ぎじゃないですか？　やっぱり五個は多かったんじゃないかなあ。お米の減りも、心配ですし……」

　耀藍の強いリクエストにより、おにぎりを五個にぎったが、米俵二つ、これではあっという間になくなりそうだ。

「心配しなくてもだいじょうぶだぞ、香織。オレはおにぎりなら何個でも食べられる自信がある！」

「なんの自信じゃ、それは。だいたいそなたは、食べ過ぎなんじゃ」

華老師がすかさず隣からツッコむが、耀藍はまったく気にせず、むしゃむしゃとしかし上品におにぎりをほおばる。

「また実家から米を持ってくるから、どんどんおにぎりにしてくれ！」

「ほう、それはよいのう。香織、よかったのう。オニギリは食堂でも人気だったようじゃ。近所の者たちが、驚いておったわい。あんな食べ物は見たことがない、また食べたいとな」

「喜んでもらえたなら、よかったです！」

前世では当たり前の食べ物だったおにぎりが、こんなに喜んでもらえるなんて。

（あとは食堂で使う材料を、わたしが自分で調達できればいいんだけど……）

◇

その願いが、天の神様に届いたのだろうか。

次の日吉兆楼へ行くと、いつもは誰もいない薄暗い玄関広間に、胡蝶《こちょう》が座っていた。

「いらっしゃい、香織。今日から貴女を、この吉兆楼の厨房で辛好の助手として雇います」

「ほ、本当ですか⁈」

悲しさや怒りで頭が真っ白になったことはあるが、うれしさで頭が真っ白になるのは初めてだ。

（なんていうか……自分の手で勝ち取った感がすごいあるわ）

うれしさで震える手を合わせて、香織は胡蝶に頭を下げる。

「あ、ありがとうございます！　一生懸命、働きます！」

（これで華老師宅のお財布を痛めないですむわ……！　もっともっと、近所の人たちのためにお惣菜を作ることができる！）

この異世界で食堂を営んでいくためには、もっともっといろんな工夫や研究が必要だろう。それらに比べれば、仕事が正式に決まったことは、小さなことかもしれない。

それでも香織にとっては、夢への大きな一歩に感じる。

「はい、これ。試用期間ごくろうさま。少しだけど、お給金よ」

胡蝶が、和紙のような綺麗な紙に包んだ物を手渡してくれる。

「えっ！　試用期間なのにお給金をいただくなんて、申し訳ないです」

香織がもじもじしていると、胡蝶が香織の手に包みをそっと押しつけて、ささやいた。

「あの辛好のシゴキに耐えた、初めての子だもの。その根性を讃《たた》えて、あたしからの特別手当よ。とっておきなさいな」

ハッとするほど美しい花の顔《かんばせ》が、いたずらっぽく笑んだ。

◇

薄暗い玄関広間で和やかに話している胡蝶と香織を、こっそりと見ている影があった。

「くっ……厨房で働くですって？　バカにしてるわ！」

悔しそうにつぶやいたのは、吉兆楼の売れっ子三姫《さんき》の一人、杏々《しんしん》だ。

あれほどの器量なら、すぐにでも座敷に出ておかしくない。

胡蝶は、きちんと努力を認めてくれるが、実力主義のところもある。

器量でも芸事でも、何かに秀でた者は、経験を問わずどんどん上客の座敷に上げた。

杏々も、赤い髪と翡翠の瞳が珍重されて、すぐに座敷に上がったクチだ。

「あの香織って女も、すぐに座敷に出されると思っていたのに」

厨房で働くなんて――信じられない。

「ううん、あの女、きっと様子見のつもりなんだわ」

杏々たち三姫が油断している間に厨女《くりやおんな》から妓女になり、三姫の座を奪うつもりなのだろう。

「そんなことさせない……！」

どれだけ苦労して、吉兆楼三姫の座に輝き続けていると思っているのだ。

日々肌の手入れをし、化粧の仕方を工夫し、踊りに歌に二胡に琴、厳しい芸事の稽古に耐え、食べたい物も我慢して痩身を保っている。

「あんなポッと出の女に三姫の座を奪われてたまるもんですか。そうだ、寧寧《ねいねい》と梅林《ばいりん》にも、言ってこよう」

杏々、寧寧、梅林。三姫で協力すれば、あんな小娘を追い出すことなど、造作ない。

ほくそ笑んだとき、ぐうう、と情けない音がした。

「お腹空いた……干豆《ほしまめ》でも食べようかしら。昨日みたいに、道で倒れたらマズいものね」

昨日は、前の日から水しか摂っていなかったからか、ちょっと小物屋に買い物に行っただけなのに道で倒れてしまった。

「そういえば、あのとき禿《かむろ》が持ってきてくれた不思議な食べ物、美味しかったな……」

白米を固めた食べ物だったのだが、中に甘い味付けをした昆布と、ネギ入りの味噌が入っていて、この世のものとも思えない美味しさだった。

甘い物など、いつ食べたか記憶にもないほど我慢していたので、朦朧《もうろう》とした意識の中、つい減量のことも忘れてその白米のかたまりを二つも食べてしまったのだ。

「あの不思議な食べ物のおかげで元気になったから、今日はしっかり減量しなくっちゃ。

「あのいまいましい小娘を追い出す策を、考えなくちゃね」

そっと寝間着の裾《すそ》を翻《ひるがえ》して、華奢な背中が階段の奥へ消えた。

第三十六話　日々厨《キッチン》に立つということ

「信じられない……」

本当に、吉兆楼の厨で使ってもらえるなんて。

辛好《しんこう》の下で働けるなんて。

少々気後《きおく》れしつつ厨をそっとのぞくと、辛好がいつもと同じように食材をチェックしていた。

(辛好さんは、すごいな)

厨仕事は、見るのとやるのでは大きな違いがある。

食材の調達、収納、下ごしらえ、調理、片付け……どれも、はた目から見ればたいした作業ではないのかもしれない。

しかし、それを同じように毎日、毎月、毎年と積み重ねていくことが、どんなに大変なことか。

主婦を十五年やってきた香織は、多少なりともわかっているつもりだ。

厨仕事《こうしょく》は「イヤだから今日は調理しない」とか「めんどうだから食器の片付けはしない」とかいうわけにはいかない。

生きて食べているかぎり、食べてくれる人がいるかぎり、厨仕事というのは、同じことを同じように、ずっと繰り返さなくてはならない。

それを、辛好はたった一人でこの吉兆楼の大看板を背負い、ずっと変わらない味を守り続けている。

ここ数日、香織が観察するかぎり、ほんのちょっとの手抜きもしない。すべてのお客様に、同じサービスを提供しようという気概が感じられる。

そんな辛好が、本当にすごい——香織は心からそう思うのだ。

(でも、同じように考えると……わたしもけっこう、がんばっていたよね)

自分のこととなると「すごい」という実感はわかないが、前世、台所仕事が日々大変であったことはハッキリと覚えている。

一日に三度、家族のスケジュールによっては四度、五度の食事作りに、弁当作り。

キッチンに立つ主婦（主夫）は、多かれ少なかれ、いつも食事のことを考えて生きている。

それが、どんなにストレスフルで、つらいことか。

ふと、トラックに轢かれた日のパートで、店長の西田《にしだ》が言っていたことを思い出す。

『主婦なんて、家でゴロゴロしてテレビ見て三食昼寝付きの生活してるから半分ボケてるんですよ』

（ゴロゴロも昼寝もしてないけど、もしそうだとしても何が悪いのかしら）

西田が言うように、そういう主婦もいるのかもしれない。でもそれは、キッチンに立つことをはじめ、日々の家事労働からくる疲れやストレスを癒《いや》すためにゴロゴロしているのだ。

西田のように外で働く女性が、癒しのエステやホテルアフタヌーンティーに行くのと、同じことではないだろうか。

みんな、生きるためにがんばっている。

きっと西田も、世の主婦（主夫）も、そして香織も——がんばっていた。

（日々キッチンに立つすべての人たちを尊敬したい。前世でがんばっていた自分も含めて……）

そう思った瞬間——今まで胸の中にぎゅっと縮こまっていた冷たく硬い何かが、ふわっと解けていく感触を、香織はたしかに感じた。

（わたし、前世じゃこんなポジティブな考え方、できなかったよね……転生して、ほんとうによかった。辛好さんにシゴいてもらって、本当によかった）

智樹《ともき》と結衣《ゆい》、そして夫のことも、過去はどうあれ、思い出せば会いたくて心配で涙が出てくることが今もあるが、『この異世界で日々できることをせいいっぱいがんばるんだ』と覚悟を決めてからは、こうやって前向きな考え方ができるようになり、今となってはありがたく思える。

（前世、わたしが日々奮闘してきたことは、誰に対しても胸を張れる事実だもの。なにより、尊敬する辛好さんが、わたしでいいって言ってくれたんだから）

もう、迷いはない。

（食堂をよりよくするための資金調達アルバイトだけど、辛好さんが吉兆楼の味を守り続ける作業のお手伝いと思って、全力でやろう！）

香織は、勢いよく厨房の扉を開けた。

「辛好さん、こんにちは！　今日もよろしくお願いしま――」

「うるさいっ。声がでかいんだよ、おまえは！　とっととそっちの竈《かまど》の火を熾《おこ》して、準備しなっ」

いつも通り怒鳴られて、香織は襷を袖にかけつつ「はい！」と笑った。

第三十七話　初めてのおつかいと塩喰う妖《あやかし》の話

夕方。

「ふう、今日も疲れた……」

吉兆楼の厨房を出てきた香織《こうしょく》は、口ではそう言いつつも足どりは軽い。

懐に入れた、綺麗な紙の包みにそっと手を当てる。

「異世界で初めてお給金、もらっちゃったもんね！」

何に使おう……とワクワク考える。

「まずは華老師宅の厨《か》から拝借した、塩やら味噌やらの調味料よね。そういえば、調味料とか塩とか、いくらくらいするのかしら」

包みをそっと、開いてみる。中にはお札が三枚入っていた。

偉人らしき肖像画と、こちらの文字で「プアル」と印刷されている。三万プアル、ということらしい。

「前世でいったら、三万円くらいってことかしら？」

そうだとして、これでどれくらいの品が買えるのか、想像もつかない。

「そういえばわたし、この世界の値段感がぜんぜんわからないわ！」

「市場に行けばよいではないか」

甘味屋で持参のおにぎりをたいらげ、さらに歩きながら団子をほおばっていた耀藍《ようらん》が言った。

「そうだ。帰りながら、市場をのぞくか」

「え？　あ、ちょっと耀藍様！」

花街の門を出て、耀藍はいつもと逆の、賑やかな通りへ歩き出す。

「ダメですよ、もう帰らないと！　お夕飯の支度がありますし」

「いいではないか。ちょっとのぞくだけだ。物の値段を確かめられればいいのだろう？」

「まあ、そうですけど……」

「だいたい、香織は働きづめではないか。今行かなかったら、いつ行けるのだ？」

「う、た、たしかに……でもお夕飯のしたく……」

「まったく……香織はほんとうに一生懸命だな」

耀藍は目元を優しく和ませる。

「だが、もう少し自分のために時間を使ってもよいと思うぞ」

そう言うと、大きな手が香織の手をぐいと引っぱった。

「よ、耀藍様?!」

「ここから先は、建安《けんあん》の繁華街だ。人が多いゆえ、離れぬようにな」

「は、はいっ」

香織はドキドキしつつ、往来の視線を感じる。

（こんなイケメンと手をつないでたら、そりゃ注目されるわよね……）

女性たちの嫉妬と羨望の視線にひやひやしていた香織の耳に、ふと棘のあるさざめきが届く。

〈ねえ、あの人、綺麗だけど気味の悪い目の色ね〉

〈あれ、ウワサの妖術使いじゃない？　下町によく現れるっていう〉

〈昔話に出てくる妖鬼は、銀色の髪をした美しい姿で人を惑わすって言うよ〉

〈妖鬼は美しいっていうものね。見惚れちゃうけど怖いわねえ〉

ひそひそ。ひそひそ。

（前にもこんなことがあったような……）

なぜか他人のひそひそ話が遠くからでも聞こえてしまった。あれは、確か耀藍と初めて会った日のことで――。

ぼんやり考えていると、す、と温かい感触が消えた。耀藍は香織の手を離して先を歩いていく。

「耀藍様？」

「すまぬ。このような人の多い場所でオレなどと一緒にいては、香織に嫌な思いをさせてしまうな」

耀藍の声はいつも通りだが、その背中には悲しさが滲《にじ》んでいるようで。

(――思い出したわ)

初めて会った日に、『そなたもオレが怖いのでは？』と聞いた耀藍の、悲しそうな表情を。

『怖くはない』と香織が答えた後に、うれしそうに笑ったことを。

「耀藍様！」

香織は前を歩く耀藍の手を取り、しっかりと握った。

「こ、香織⁈　なにをしているのだ、オレと手などつないでは周りの視線が――」

「周りは関係ないです！　わたしは耀藍様と市場に来たんですから！」

「香織……」

「わたしに市場のこと、教えてくれるんですよね？」

自分から手を握ったことにどぎまぎしながらも、香織は努めて明るく言った。

アクアマリンの双眸が見開かれ、ふっと柔らかく和む。

「そなたは、まったく……」

香織の手を握る大きな手に、ぎゅっと力がこもった。

「うむ！　そうだな！　行こう！」

「はい！」

人通りの多くなっていく夕暮れの都大路を、二人は手をつないで歩いていった。

◇

「市場といえば、週ごとに開かれる大市が品は多い。が、今は芭帝国《ばていこく》の内乱の影響もあるし、建安の物価を知りたいだけなら、この繁華街に並ぶ店を見ればいい」

「うわあ……」

建安の都の、中心部。

夜の帳《とばり》が下りかけている建安の町は、花街に負けず劣らず、鮮やかな灯が店の軒先に灯って、明るい。

通りには露店も出ていて人通りが多く、とても賑やかだ。

「ところで香織は、どんな物を見たいんだ？」

「そうですね……まずは、調味料でしょ。それから、もちろん、野菜とかお肉とか、食堂で使える食材ですかね」

「ふむ。なるほど。では、この通りを右に曲がって」

耀藍についていくと、そこは食べ物を扱う店がたくさん並ぶ通りのようで、野菜や肉などはもうほとんど売り切れていたが、味噌や砂糖、酢、みりんなどの調味料は並んでいる。

「へえ、味噌って値段にばらつきがあるんだ。あっ、お砂糖って、けっこう高いのね……」

そんなことを呟きつつ店をのぞいて歩くと、店の前に荷車が置いてある大きな店が目に入った。

「あれは塩屋だ」

「塩屋？」

「塩だけを扱う店だ。塩は特殊だから、王城より許可を得た商人だけが売ることができる。米と同じだな」

「つまり、お値段が、他のお店と変わらないってことですよね？　例えば今、味噌とかお砂糖を見てきたけど、お値段がお店によってちょっとずつ違っていましたよね？」

「うむ、よく見ていたな。さすがは香織、その通りだ。味噌や砂糖やみりんや酢は、産地によって、または主原材料によって少しずつ異なる。人々は家庭の好みや経済状況で選んでいるようだぞ」

「へえ……耀藍様、詳しいんですね」

「これでも一応、将来王城に仕える身だからな。一般常識くらいは身に付けているつもりだ」

耀藍は得意げに胸を張る。

「塩の値段は朝廷の会議で決まる。商人には決められないから、どの店でも値段は同じだ」

「ちなみに、いくらくらいなんですか？」

「うむ。今はたしか、一斤で二八〇〇プアルほどだったと思う」

「ええっ⁉」

さきほどから見ているかぎり、さまざまな調味料は「〜斤」という単位で売られている。調味料の中でいちばん高い砂糖が、一斤五〇〇プアルほど。

いかに塩が高価かわかる。

「それなのに、華老師は快く塩を使わせてくれたわ……よし。決めた。わたし今、塩だけでも買っていくわ」

「え、おい、香織！」

手のひらにお給金の包みを握りしめ、香織は白い暖簾《のれん》をくぐった。

店の中はしんと静かだった。

客はいない。店員はおそらく二人。手前で黙々と荷を積む小男と、奥の机に座る厳《いか》めしい顔をした髭面《ひげづら》の大男だ。

大男が店主なのだろう。香織を頭のてっぺんからつま先まで眺めて鼻をフンっと鳴らした。

「お嬢ちゃん、もうそろそろ店は終《しま》いだ。ここには塩しかねえんだ。ひやかしなら、よそへ行きな」

ぎょろりとした目で、じろり、と睨まれる。

普通の若い娘なら、これで回れ右して店を出るのだろうが、中身が主婦歴十五年の香織はひるまない。

「あの、塩を買いたいんです。今は一斤、おいくらなんですか？」

「はん、また値上がったぞ。今朝ちょうど、王城からお達しがあってな。芭帝国との国境にある峠で、タタル族と芭帝国軍の小競り合いがあったんだと。二〇〇も上がりやがった。一斤、二八〇〇プアルだ」

（耀藍様が言った通りだ。情報が早い！）

スマホもテレビもないこの世界で、耀藍はどうやって情報を仕入れているのだろう。

（あれ？　そういえば耀藍様は？）

いつの間にか耀藍の姿が見えず、香織はきょろきょろと周囲を見る。

ふりむけば、店の入り口から、不審者のようにちらちらとこちらをうかがう耀藍の姿が見えたが、香織と目が合うとサッと隠れてしまった。

（な、なんで……⁇）

できれば、耀藍がいた方が心強いが出てくる気配がない。

仕方なく香織は髭面の主人に言った。

「あの、できれば、半斤で売っていただきたいんですが……」

香織の所持金は三万プアル、一斤二八〇〇プアルの塩を買えないわけではない。

（でも、原因が紛争なら、もうすぐ値下がる可能性もあるものね。ひとまず少ない量を買って様子を見るべきだわ）

しかし髭面の店主は、そんな香織を鼻で笑った。

「馬鹿言っちゃいけねえよ、お嬢ちゃん。一斤からだ」

「そこをなんとか！」

「だめだめ。他の塩屋に行きな。ま、同じこったろうがな」

ふん、と小馬鹿にしたように髭面の主人が笑ったとき、
ぐうぅぅうぅぅぅ
空虚な音が響いた。

「し、しょうがねえだろうっ。この物価高で店の者もクビにしちまったから、一人で店番してんだっ。飯食うヒマなんかねえんだよっ」

髭面の主人は外見に似合わず真っ赤になっている。

「え、でも、あの方は」

出入口で塩の袋を黙々と積んでいる小男を振り返る。

「あれは店の者じゃねえ。——おい、荷造りはできたのか！」

「へい。もうすぐ」

「頼むぜ。これ以上おかしげな妖に塩を持ってかれちゃかなわんからな」

「あやかし⁉」

香織はつい反応する。幽霊や妖怪の類は苦手なのだ。

「まったく、世も末だ。ただでさえ芭帝国の内乱のせいで塩の流通が滞っているのに、塩を喰う妖が出やがるらしい」

「塩を食べる妖……」

「都大路にゆらりと現れて塩の荷を襲うんだと。荷を襲うんじゃ足りねえのか、この前ついに塩商人仲間の店がやられてな。巨大な白い妖が店の塩を喰い荒らしたらしい。で、店の塩を半分、塩蔵に戻すことにした」

「そ、そうなんですね」

異世界だから妖が出るのも当たり前なのかもしれないが、できれば遭遇したくない。

前世、子どもたちにせがまれてもお化け屋敷にだけは入れなかった香織だ。

そのとき再び、ぐううう、という空虚な音が響いた。

「うっ……昼からなんも食ってねえんだ、腹が減って当然だろうっ。わかったら馬鹿なこと言ってねえで、もう帰れ帰れ！」

顔を真っ赤にして怒っている大男を見て、香織はいいことを思いついた。

「……明日のお弁当じゃ、ダメですか？」

「なに？」

「明日、ご店主にお弁当、届けます。だから、半斤で塩を売っていただけないでしょうか？」

（おねがいっ……）

香織は手を合わせて、頭を下げる。

（やっぱり、ダメかな……）

何も言わない髭面をおそるおそる見上げる。

「それ、ほんとうか」

「え？」

「弁当だよ。持ってきてくれんのか、明日」

「は、はいっ。もちろんですっ」

髭面は一瞬考えて、うなずいた。

「わかった。今回だけだぞ。それから、本当にちゃんと持ってこいよ、弁当」

「え……は、はい!!」

（やったあ！　交渉成立！）

飛び上がりたい気持ちだ。

グローブのような手で半斤にした塩の袋を、主人が香織に渡す。

「なんか、担保になる物は持ってるか？」

香織は身体のあちこちに手をあてるが、担保になりそうな物がない。

仕方なく、胡蝶にもらった給金の包みを差し出した。

「これを、ここに置いていくので、これでなんとか……」

髭面の男は、包みを見て目を丸くする。

「こりゃあ、最高級の麻紙じゃねえか。しかも、三万プアルも入ってるぜ。いいのかい、こんな物置いていって」

「はい。必ず明日、取りにきます」

「おう、潔いのは好きだぜ。おめえ、何て名だ」

「香織《こうしょく》といいます」

「香織か。俺っちは、羊剛《ようごう》ってんだ。明日、待ってるぜ」

「はい！　半斤で売ってくださって、ありがとうございました！」

香織は塩の袋を胸に抱えて、頭を下げた。

◇

耀藍は、物陰から店内をじっと観察していた。

(うんうん見事だぞ香織!)

熊のような大男相手にひるむことなく交渉をする香織を、耀藍は誇らしい気持ちで見ていた。

本当は一緒に行きたかったが、妖術師と噂される自分と一緒では、店主が警戒するだろう。

(それにしても、なにやら気になるな)

香織が店主らしき大男と話しているその横で、ずっと動いている小男。

ただ荷を積んでいるだけなのだが、その隙のない動きはただの役夫《えきふ》ではないように思える。

(妖の類ではないとは思うが……何やら濁った空気が漂ってくるのは気のせいか?)

首を傾げていると、香織が店から出てきた。

「よくやったぞ香織!」

店を出るなり、耀藍は両手を広げて香織をむかえた。

「?!　ちょ、ちょっとちょっと耀藍様?!」

そのままぎゅううう、と抱きしめられ、香織は混乱する。わしわしを頭をなでられ、思考が止まる。

「香織がちゃんと買い物できるか、心配で心配で……」

「は?!」

(お母さん?!　お母さんなの?!　どんな方向の心配ですか?!)

「見事な交渉までして、香織はすごいな！　あの髭面の男が香織を襲ったらすぐにでも飛び出そうと身構えていたのだが、必要もなかったしな！」

(……今度はお父さん??)

「あの、耀藍様ってたしか、わたしがスパイ活動しないために見張っているんでしたよね……?」

「すぱい……?　よくわからんが、オレはちゃんと香織を見張っているぞ！　姉上にも、ちゃんと報告を入れているしな！」

そんなこと自慢されても……。

「とにかく、初めてのおつかい、よくできたぞ！」

耀藍は満足げにわしわしと香織の頭をなでる。

「わたしは犬ですか？」

そう呆れつつ、ほめられて悪い気はしない。

（明日、ちゃんと羊剛さんにお弁当を届けようっと）

香織はルンルンした気持ちで半斤にしてもらった塩の袋を抱きしめて、夜の建安の喧《けん》噪《そう》を心地よく歩いた。

第三十八話　サッと作れる夕飯を

「遅くなって申し訳ありません！」

華《か》老師宅の庭へ入ると、米の炊けるいい匂いが土間の小窓から漂ってきた。

「おお、帰ったか。耀藍《ようらん》がいるので滅多なことはないと思ったがな、耀藍が香織《こうしょく》を襲う可能性に気付いてな。もう少し遅かったら、近所の若い者たちに捜してもらおうと思っとったところじゃ」

「な、なにを失礼なことを言う！　オレはちゃんと香織の初めてのおつかいを見守っていたのだぞ！」

「初めてのおつかい？」

「あの、これ」

　香織は、そっと塩の包みを差し出した。

「老師のお宅の塩をたくさん使わせてもらって、ありがとうございました。今日、お給金が出たので、耀藍様にお店へ連れていってもらって、少しですが買ってきたんです」

「香織……」

「他の調味料も、これから買い足して、お返ししますね。あの――」

　がしっ、と華老師が香織の肩をつかんだ。

「本当にそなたは、良い娘じゃのう」

　シワに埋もれた華老師の目尻に、きらりと光るものが見えたのは気のせいだろうか？

「礼を言うぞ、香織。ああ、そなたの作った夕飯が、今日も食べたいのう」

「もちろん！　すぐに作りますからね！　あ、時間がないから、今日はサッとできるものになっちゃいますけど」

「かまわんよ。これ耀藍、そなたも何か手伝え」

「むう、よろづのことは慣れている者に頼むのが最も良いのだ。役割分担というやつだ。皆の得意分野で助け合いというやつだな」

「ほう？　そなたの役に立つ得意分野とは、なんじゃ？」

「む、むう……それは……もういいではないか老師！　とっとと薬草を挽かねば、明日の薬ができぬであろう！」

わーわー言いながら居間へ行く二人をくすっと笑い、香織は火の加減を見ている小英のそばへ寄った。

「あ、香織、おかえり！」

「ごめんね小英《しょうえい》、お米、炊いてくれてありがとう！　すぐに代わるから」

香織はそでに襷をかけつつ、手を洗う。

「え、いいよ香織。疲れてるだろ。今日はおれが夕飯作るから」

心配そうに小英は顔を上げる。

（かわいいなあ、もう）

心から香織を思いやっていてくれるのが伝わってくる表情に、胸がきゅんきゅんしてしまう。

「きのう言ったでしょ。小英のご飯、わたしがずっと作るねって」

小英はうれしそうに目を輝かせる。

「ほんと？」

「もちろん。今日はどんな食材があるの？」

小英は厨の隅の籠から、大きなキャベツを持ってきた。

「往診で、玉菜をもらったんだ。うまく切れるか自信なかったから、香織が帰ってきてくれて助かったよー」

（キャベツのこと、玉菜っていうんだ）

丸く、見事に大きいキャベツは、青々としていて少し泥が付いていて、とても新鮮そうだ。

「あと、明梓が持ってきてくれた青菜の残りと、豆腐と……あっ、今日は油揚げもあるんだ。それと、鶏の干し肉をもらったよ」

「へえ、すごい。これ、鶏肉なの？」

胸肉だろうか。塊をスライスしたような形で、鍋で炙《あぶ》ればすぐに食べられそうだ。

「よし。決めた。今日の献立は……」

油揚げとたっぷり青菜の味噌汁
鶏干し肉とネギの醤油炒め
玉菜（キャベツ）の塩もみ佃煮昆布和え

（これなら、15分もあれば作れるから、みんなを待たせずにすむわ）

どんなごちそうよりも、スピーディーに出てきた簡単なゴハンの方が、お腹が空いているときは美味しく感じるものだ。

「小英、もうお膳立てしてだいじょうぶよ。ご飯も、もう炊けるんだよね？」

「え？　うん、炊けるけど、今から作るのに、時間だいじょうぶ？」

「うん！　だいじょうぶな献立を考えたから、まかせてちょうだい！」

「ほんと？　やったあ！」

うれしそうにお皿を出している小英の姿に、香織は疲れも吹き飛んで味噌汁の湯を沸かし始める。

お腹を空かせた家族を満たしてあげたい、たとえ、喜んでもらえなくても――。

その一心でキッチンに立ち続けた経験が今、ちゃんと生きている。周囲を、笑顔にしている。

（前世でがんばって、よかったな……）

香織は鼻歌まじりに、青々としたキャベツに包丁を入れた。

第三十九話　月明かりの下で

「……ふう、これでよし、と」

竈の火も消し、すっかり厨の片付けを終えた香織は、お風呂へ向かった。

華老師《かせんせい》と小英《しょうえい》は片付けを手伝うと申し出てくれたが、いつもより夕飯が遅くなったので先に休んでもらっていた。耀藍《ようらん》も今はもう休んでいるだろう。

「わあ、月が綺麗ね」

風呂場の格子窓からのぞけば、前世では見たことのない大きさの満月が白く輝いている。

この異世界に電気はない。月明かりだけが風呂場を青白く照らしている。

「お風呂にアロマキャンドルを浮かべると、こんな感じなのかな」

前世、使ってみたかったアロマキャンドル。忙しい生活に埋もれて忘れていた。

「アロマキャンドルはないけど、じゅうぶんに癒しの空間ね」

腕や足を差し出せば、青白い月光は香織のなめらかな肌の上も照らす。

「月明かりを浴びるなんて、なんだか美しくなれそうね……って、この女の子の身体はもともと美しいけど」

月光を白く弾く肌はきめ細やかで、何も手入れしていないのにすべすべしている。

相変わらずこの美少女としての記憶は何も思い出せない。けれど、この異世界で本当の意味で生まれ変わろうと決意したからか、最近では『見た目は16歳美少女、中身は43歳主婦』が香織の新しいパーソナリティとして定着しつつある。

「月光の色が前世の月とは違うわね」

よく見ると、光は真珠のような七色の光を発している。意識して月明りに身体をさらしていると、じんわりと身体の内側から力が湧いてくる気がする。

「不思議……身体が軽くなったように感じるわ」

この世界にきてからストレスを感じたことはほとんどないが、日々充実しているので疲れてはいるのだろう。不思議な月明かりは、その凝《こご》っていた疲れを溶かしてくれるようだ。

「日光浴ならぬ月光浴ね。これから満月の夜は月光浴を定番にしようかな」

そんなことを思いながら、香織は気分よく部屋へ向かう。

みんなが寝静まった回廊は静かで、どこからか虫の音が微かに聞こえてくる。それは前世に聞いた虫の音とはどこか違う、ゆっくりと弦を弾くような音だ。

耀藍の部屋の前を通ると、虫の音に混ざって低い声が聞こえた。

(耀藍様、まだ起きているのかしら？)

異世界とはいえ耀藍も青少年、夜遅いこともあるだろうとそのまま通りすぎようとしたとき、苦しそうな呻《うめ》き声に思わず香織の足は止まった。

(ま、まさか具合が悪いの⁉)

呻き声は治まったと思ったらまた上がり、続いている。

(ご飯を五杯もおかわりしたから？　いやいやそれはいつものことだし！　もしかして

夕飯のおかずに何か問題が!?）

あわてて華老師の部屋や小英の部屋の前へ戻ってみるが、二人の部屋からは平和そうなイビキしか聞こえてこない。

（やっぱり耀藍様、食べ過ぎたのかしら……腹痛の薬ならわたしでも薬草部屋から持ってこられるけど……）

耀藍の部屋の前で悶々《もんもん》と考えていたが、再び上がった苦しそうな声に、思わず扉をノックしていた。

「耀藍様？」

返事はない。

「耀藍様？　入りますよ？」

香織は思い切って扉を開けたのだが——。

部屋へ入った瞬間、動けなくなった。目の前の光景に圧倒された。

白い夜着姿の耀藍が、大きな窓際に手を広げて立っている。

青白い月明かりの下、耀藍の周囲だけがひと際青白く輝いていた。月明かりがゆったりとしたさざ波のように耀藍の周囲にたゆたって、耀藍の中へ吸いこまれていく。

それはとても幻想的な光景で。

（そうだ、耀藍様は異能を持っているから）

いつもは忘れていることを思い出す。そして、耀藍が自身の異能をどこか快く思っていないことも。

だからきっと、今この部屋には誰も立ち入ってはいけなかったのだ、と気付いた刹那、耀藍が振り向いた。

「す、すみません、耀藍様。苦しそうな声が聞こえたので……」

耀藍が近付いてくる。やはり香織は動けなかった。耀藍がとても悲しそうに見えたからか、耀藍の双眸が夜闇の獣のように青白く光っていたからか、わからない。

香織の目の前に立った耀藍は、やはり悲しそうに香織を見つめて、呟いた。

「オレが、怖いか」

「え……？」

「オレが怖いだろう」

そう言って白銀の睫毛をふせた耀藍は——神々しいほどに美しい。

室内へ差しこむ青白い月光は、耀藍の周囲だけ星屑《ほしくず》を散らしたようにきらめき、窓際から天の川のように星の輝きを引いている。

——こんなにも、美しいのに。

「どうしてですか？」

香織の言葉に、弾かれたように耀藍が顔を上げた。

「怖いなんてちっとも思いません。とても、とても美しいと思います」

香織は思っていることを正直に口にした。この幻想的な光景が耀藍の異能によるものなら尚更《なおさら》、怖いなんて少しも思わない。

「まるで月の神様が降りてきたみたいですよ。ふふっ、なんか得した気分です」

「香織……」

悲しそうな表情が消えて、青白く光る双眸が驚きに見開かれる。香織はホッとして顔がほころんだ。

「よかったです。なんだか苦しそうな声が聞こえたから、耀藍様が食べすぎでお腹痛くて苦しんでるのかなって思ったんです。もう、心配させないでくださ――」

香織の言葉は、白い夜着に吸いこまれた。

夜着に焚《た》きしめられた芳香に目眩《めまい》がする。香織は耀藍の胸の中にすっぽりと抱きしめられていた。

「よ、よ耀藍さま!?　あのっ」

「すまぬ。少しでいい。少しだけ……このままでいさせてくれ」

耀藍の声が、耀藍の広い胸を伝わって響く。その響きの心地よさに香織は思わず頷いてしまう。頭のどこかでは今すぐ耀藍と離れなくては、と思っているのに、身体が、心が、その警告に抗《あらが》う。

（……耀藍様はいずれ王城へ出仕する御方なんだから）

術師として王の側近《そばちか》く仕えるようになれば、今のように気安くすることはできなくなるだろう。この異世界の理《ことわり》を知らない香織でも、それくらいは容易に想像がつく。だいたい、耀藍は貴族だ。身分に差がありすぎる。

耀藍を好きになったら、きっとハッピーエンドにはならない。

（前世で悔やんだ分、この世界ではハッピーエンドを迎えようって決めたんだから）

耀藍を好きになってはいけない。

この穏やかで幸せな日々を守るには。耀藍にご飯を作り、一緒に笑って食卓を囲むためには。

それがわかっているのに、香織は耀藍の腕を振りほどくことができなかった。

耀藍は愛おしむように香織の髪を梳《す》き、背をなでる。それが心地よくて、耀藍のぬくもりから離れたくなくて、香織はそっと耀藍の背に腕を回した。

「香織……」

見上げると、耀藍の青白く輝く双眸がじっと見下ろしてくる。そのまなざしに、香織はなぜか胸が切なくしめつけられた。

（好きになってはダメなんだから）

耀藍の大きな手が香織の頬を包む。その手から甘やかな痺れが流れこんで、思わずそっと目を閉じたとき――突然、大きな鈴の音が静けさを破った。

「！」

途端に香織は我に返り、ぱっと耀藍から腕を離す。

「くっ、な、なぜだ！　なぜこんな時にっ」

姉上めっ、と毒づきながら耀藍はあたふたと懐をさぐっている。その様子がおかしくて、香織はつい笑ってしまった。

「紅蘭《こうらん》様がお呼びなのですか？」

「む、むう……この鈴は、姉上に乞われて術をかけたのだが、おかげで姉上の都合でこうやって呼び出されて困るのだっ。今だって鈴が鳴らなければオレは――」

そこで耀藍はハッと言葉を止めた。白皙の美貌が月明かりの下でもわかるほど真っ赤になっている。香織も顔が熱くなり、あわてて頭を下げた。

「あ、あのっ、蔡家《さいけ》へ行かれるのならお気をつけて！　おやすみなさい！」

逃げるように隣の自分の部屋へ飛びこみ、寝台に入る。

眠ろうとしても眠れない。心臓の音が耳の奥で大きな音を立てているし、顔が熱い。

寝台の上から見上げれば、真珠のような月が明るく照らす。その虹色の光を浴びていると、だんだん心臓も落ち着いてきた。

明らかに、この世界の月光には不思議なパワーがある。

両手を顔の上でかざす。日々の炊事で荒れ気味の手も、月の光で癒されていく気がして、ぼんやりと月に手を伸ばした。

しなやかな手を見ていると、意外と逞《たくま》しかった燿藍の感触が手によみがえる。

「や、やだっ、わたしったら何考えてるの！」

好きになってはいけない――呪文のように繰り返し、香織は寝台の上で掛布にもぐって丸くなった。

◇

夜着のまま燿藍は庭院を抜け、蔡家へ通じる『道』が開いた通りへと出る。

気は満ちている。月には燿藍の異能を高める作用があるので、満月の夜は必ず月光浴をする。それが術師としての自己管理の一つだ。

加えて、今夜は。

燿藍は両手のひらを見る。この手で、香織を――。

「だ、だきしめてしまった……！　うわあああ！　オレはなんということをぉぉぉ！」

思い出して今さら身悶《みもだ》える。端から見れば、夜更けの通りで、夜着のまま悶える燿藍は完全な不審者だが、幸い下町の夜は早い。近所の野良猫がつまらなそうに燿藍の前を横切っただけで、辺りはしん、と静まり返っている。

「うう……なんという破廉恥なことを。香織に嫌われたらどうしよう……」

後悔が襲ってくるが、あのときはああせずにはいられなかったのだ、とどこか開き直る自分もいる。

「――オレは、術師に生まれてきてよかったと、初めて思えたのだ」

周囲から忌み嫌われ、怖れられる異能。それを良いことと思えたことは一度もなかった。

でも香織が。美しいと言ってくれたから。微笑んでくれたから。

自分の運命を呪うことしかできなかった人生に、香織は一筋の光を差してくれる。その手料理で。その言葉で。

「香織がいてくれれば、オレは――」

耀藍の言葉は、しかし発動した術と一緒に夜闇に溶けて消えた。

第四十話 ほんとうの気持ち

建安《けんあん》の都、亥《い》の上刻。

貴族の邸宅の門前には、警備の者が増える。

貴族がそれぞれの家で抱える私兵だ。

建安は比較的治安のいい都だが、周辺諸国に内乱や災害が続くこの御時世、用心するに越したことはない。

それとは別に、王城から巡回兵が出ていた。

王城から役所、貴族の邸宅周辺を巡回し、警護するためだ。

「なあ、知ってるか？」

巡回兵が呟く。

二人組の彼らは王城から南北大路を南に下り、ひときわ大きな邸宅の並ぶ大路を歩いていた。

「近頃、建安の中に妖《あやかし》が出るらしいぞ」

「ああ、白い妖とかいうやつか。くだらん。どうせ根も葉もない噂話だろう」

「い、いや、でも、俺の知り合いで貴族の邸《やしき》の私兵をやってる奴が見たって……ぼんやりした白い影がこう、大路の真ん中にゆらりと立ち上がるんだと」

怖くてしかたがないらしい相棒に、巡回兵は肩をすくめる。

「バカバカしい。おおかた、貴族の誰かが流したデマさ。お偉いさんは妖より盗賊が怖いんだろう」

「そうかな……」

「物価高で苦しむ我ら庶民を下に見て、せっせと貯《た》めた小金を盗まれちゃあかなわんだろうからな」

「しっ。おい、ここは特にお偉いさんが住んでいる区域だぞ。誰かに聞かれでもしたらマズイって」

「はっ、心配すんな。この区域の大貴族サマは今頃みんな、絹の褥《しとね》の中さ。こんな暗がりにいるはずは――」

急に、二人の足が止まった。

「な、なあ、あれ……」

建ち並ぶ邸宅、その高い塀の隙間から、わずかにこぼれる灯《あか》りがたよりの、薄暗い大路。

なにもないはずのその暗い地面に、ゆらり、と白い影が立ち上がり――。

「ぎゃあああああ！！！！」

巡回兵たちは一目散に駆け出した。振り返りもせず。

「……なんだというのだ。人をバケモノみたいに」

白い長身の影――瞬間移動の術を終えた耀藍《ようらん》は、少し先にそびえる蔡家《さいけ》の門へ歩いていった。

◇

「なるほどの」

紅唇の麗貌が、くつくつと笑う。

「それは『白い妖』とやらに間違えられたのであろうな」

耀藍は先刻の『鈴』を鳴らした姉を恨めしい目で睨んでいたが、

「白い妖、ですか？」

どこか引っかかりのある姉の言葉に首を傾げる。

「今、巷《ちまた》で流行りの噂だそうじゃ。文字通り、白色の妖らしいぞ」

「ああ、思い出しました。塩を喰らうとかいう妖ですか？」

「ほう、知っておったか。塩の高騰が続く最中に厄介なことだと思わぬか」

「塩鉄使《えんてつし》が魔除《まよ》けの札でも塩に貼っとけばいいんじゃないですかね」

耀藍が軽く混ぜ返し、茉莉花茶《ジャスミンティー》の茶器を手に取ったとき、紅蘭《こうらん》が「そうじゃ！」と手を打った。

「そなた、妖退治をせよ」

「は⁉」

姉の思い付き発言は今に始まったことではないが、耀藍は茶器を思わず落としそうになった。

「何をおっしゃるかと思えば……無理ですよ！　専門外です！」

「専門も何もあるか。王の民のために働くのもそなたの務めぞ。そして、この大貴族・蔡家の名を世間でより高めるのじゃ」

「無茶ブリがすぎますよ姉上！」

「無茶ではない。妖にまで塩が喰われるとなると、塩の値段はさらに上がるであろうな。さすれば、庶民の中には塩を買えなくなる者も出るであろう。王に仕えようという身で、それを放っておくのかえ？」

「塩が買えなくなる……？」

（香織《こうしょく》が塩を買えなくなったら……香織のご飯が食べられなくなるではないか！）

それはとても困る。というか、そんな事態は有り得ない。

「妖退治やります！　やらせていただきますっ！」

「うむ、その心意気じゃ」

紅蘭は満足げに頷くと、茶器を手に取った。

「そうそう、時にあの異国の娘の様子はどうじゃ」

「香織は……」

耀藍は茶器の中で揺れる茉莉花に視線を落とした。

抱きしめた体の、華奢な感触を思い出して顔が熱くなる。

あの可憐《かれん》でたおやかな身のどこに、あんな行動力があるのだろう、と思う。

近所の者がふらっと立ち寄れる食堂。使っていない土間や庭先を使い、子どもでも立ち寄れるという方式は、人々の願いを叶えた絶妙なものだ。

そして、その食堂で使う食材の資金を調達するために仕事まで見つけてきた。

塩屋での交渉も、店主の切実な願いを叶える見事なものだった。

(そう、いつも誰かの願いを汲《く》み取《と》ってくれるのだ、香織は)

まるで包みこむように。年を経て円熟した母親のように。

それでいて、急にふっと消えてしまいそうな儚《はかな》さもある。

建安に突然現れたときのように、ある日突然、どこか別の世界へいってしまうのではないか、と。

もし香織が消えてしまったら。荒唐無稽とわかっていても、不安がぬぐえない。片時もそばを離れたくない。目が離せない——。

「耀藍？　いかがした？」

「い、いいえ、だいじょうぶです」

耀藍はハッとする。美しく開いた茉莉花は、茶器の底で落ち着いていた。

「怪しげな動きでもあるのかえ？」

「まさか！」

耀藍は全力で首を横に振る。

「まったく怪しいことはないです！　近所の者が気軽に立ち寄れる食堂を始めて、その材料調達の資金稼ぎのために花街で働いているだけです！」

「花街で？　妓女をやっておるのか」

「妓女じゃありません。厨房で、料理の仕込みを手伝う賃仕事ですよ」

紅蘭は、美しく結い上げた髪を傾げる。

「なんなのじゃ、あの娘は。つくづく変わっておるのう。料理が好きなのか」

「はい！　とても美味しいのです、香織の作る料理は」

「……ははあ、なるほどな」

姉の紅唇が意地悪く上がったのを見て、耀藍は顔が引きつる。

「な、なんですか」

「それでそなた、このところ家で食事を摂らぬのだな。雹杏《ひょうあん》が嘆いておったぞ。厨女《くりやおんな》たちはそなたの食卓へ皿を運ぶことを楽しみにしておるのに、肝心なそなたが留守がちなので、皆がっくりしておるとな」

「そ、そうなんですか。知らなかったなー」

「我が家の厨房の料理は、この建安の都でも一、二を争うと自負しておる。その料理を食べず、あの小娘の作る料理を食べるというは、あの娘の料理の腕がよほどいいのか、あるいは――」

「そ、そうだ！　オレそろそろ華《か》老師のところへ戻らなくては！」

耀藍は上ずった声を上げて膝を打った。

「華老師に、父上の薬の追加分を煎じるのを手伝えって言われてるんで！」

「ほう。このような夜更け、華老師はすでにお休みになられていると思うがのう」

「う」

「まあ、そなたも年頃、見目美しい娘に心奪われることもあろう」

「なっ……」

耀藍はわからなかった。

なぜこんなにうろたえてヘンな汗が出るのだろう。

（オレは決して、香織をそんな不埒な目で見ているわけではっ……）

先刻の己の思考やニヤつく姉に抗うように、必死で訴える。

「ち、ちがいます！　香織のことはそんなんじゃありません!!　たしかに香織の作る料理が食べたいと思うし香織の笑顔が好きだし香織がなにしているかいつも気になるし今も香織に会いたいです！　で、でもっ、オレはあくまで姉上に言われた任務をこなすために香織を見張っているのであって断じてそんな不埒な下心があるわけではないんです!!」

「…………」

紅蘭は眉間を押さえた。

(頭痛がしてきた……)

この自慢の弟は、天賦の才と美貌をもつ、誰もが羨望してやまない男だ。

しかし、しばしば、ボケが過ぎることがある。

「……まあよい。引き続き見張ってくれればそれでよい」

「仰せのままに! 見張ります! 見張り続けますとも!」

「ただし、くれぐれも気を付けよ。あの小娘とは、男女の関係にならぬよう」

ぶはっ、と耀藍は飲んでいたお茶を盛大に噴いた。

「汚いのう……」

「す、すみませんっ、でででもっ、姉上がヘンなこと言うからっ――」

月明かりの下、香織を抱きしめた柔らかく温かい感触が、まだ手に残っていた。それをごまかすように、耀藍はこぼれたお茶を布巾で懸命に拭く。

「ヘンなことではないぞ。大真面目じゃ。なにしろ、近々そなたを王城に召すとの勅使が来たからな」

「……え？」

「いよいよ蔡家術師として王城に仕える日がくるのじゃ。妖退治をつつがなく片付け、王へ挨拶に行くときの良い土産話にせよ」

姉の声が、遠くに聞こえる気がする。

（王城へ……）

蔡家に生まれ、術師の才があるとわかってから、いつかはこの日がくるのだと思ってはいた。ついこの間まで、召されるなら早く召されろ、と半ば自暴自棄になりながら日々をもてあまして暮らしていた——香織がやってくるまでは。

香織がやってきて、耀藍の世界は変わった。香織がいる毎日は、輝いている。

（だが王城へ召されれば、もう香織の料理は食べられなくなる）

——さっきのように、触れることもできなくなる。

そう考えただけで、身体が、思考が、すべてが止まってしまう。

（料理だけじゃない。オレは……いつもどんなときも香織と一緒にいたいのだ……）

そう願っている自分に、今、気付いてしまった。

「耀藍？　いかがした？」

「い、いえ、なんでも。では姉上、失礼します」

自分の声すらも、どこか遠い。

無性に、香織の作ったおにぎりが食べたかった。

第四十一話　泡沫《うたかた》の想い

次の日、香織《こうしょく》はいつもより早く起きた。
いつもは朝日が昇るのと同じくらいに起きるのだが、今日はまだ外が暗い。
暁闇《ぎょうあん》の中で顔を洗っていると、背後にふと気配を感じて振り返る。
すがすがしい空気の中、長身の人影がおどろしい幽鬼のように立っていた。
（そういえば、建安《けんあん》で塩を食べる妖が出るって……）
昨日の塩屋での会話を思い出して足が震える。
「ま、まさか……白い妖⁉」
しかし夜明けの光の中、浮かび上がってくる上等な絹の夜着を見て香織は気が付く。
「もしかして……耀藍《ようらん》さま？」
まちがいない。耀藍だ。
その幽鬼のような姿に、昨日の甘い出来事などすっかり忘れて香織は駆け寄った。
「ど、どうしたんですかこんなに朝早く⁈　耀藍様が早起きするなんて地震の前触れ……？　ていうか耀藍様、すっごいクマできてますよ?!」

「むう……昨日は……眠れなかったのだ……」

アクアマリンの瞳が今にも閉じそうになり、しかし閉じそうで閉じない。

「どうしたんですか？　眠かったら、寝てていいんですよ？　ていうか、いつも起こしたって寝ているじゃないですか」

「……ぎり」

「はい？」

「香織のおにぎりが食べたいんだよぅ――――」

耀藍はそう言ってさめざめと泣きはじめる。

「ちょ、朝っぱらからこんなところで泣かないでください！」

「おにぎりぃ――――」

「わかりましたよ！　言われなくても作るつもりでしたから！」

「……ほんとうか？」

「はい！　塩屋の羊剛《ようごう》さんへのお弁当、おにぎりがいいかと思って。とにかく顔を洗ってください」

香織は、耀藍に手拭を差し出した。

ふと、耀藍と視線が合う。

（耀藍様……？）

なぜかその視線に胸がしめつけられる。じっと見つめてくる耀藍の瞳には、熱いものが揺れていて。

昨日のことが脳裏をよぎり、香織はぎゅっと唇をかむ。

（ダメよ。耀藍様と笑って食卓を囲むためには……好きになってはいけないんだから）

香織は、耀藍の視線を振り切るように微笑んだ。

「香織……」

「さ、耀藍様。顔を洗ってきてください！」

努めて明るく言って、香織は踵《きびす》を返《かえ》す。土間に入るまで耀藍の視線を背に感じていたが、香織は振り返らなかった。

◇

熱した油に、卵液をそそぎこむ。じゅわ、と小気味よい音がして、卵の焼けるいい匂いが厨中に広がった。

「あっ、耀藍様、あんまり近くでのぞくと油がはねて危ないですよ！　離れて！」

「だって面白いぞ！　こう、油がじゅわっと音を立てるのがたまらん！　そして美味《うま》そうだ！」

　顔を洗って着替えてから、耀藍はいつもの耀藍に戻っていて、香織は内心ホッとしていた。

　今にも菜箸で卵液をすくって口に入れそうな耀藍を竈から引きはがし、香織は大きな布巾を渡す。

「はい、これでお米の土鍋をあそこの台の上に下ろしてください。熱いから気を付けてくださいね？」

「おおっ、炊けたんだな?!　さっそく味見を――」

「味見は後ですっ。ちゃっちゃと動く！」

（元気になって、よかったけど）

　しかしあれから、耀藍はずっと香織のそばを離れない。

　厨ではほとんど戦力にならず、むしろ邪魔でしかない耀藍だが、米の土鍋は重いので運んでもらえて助かったりもする。

　軽々と土鍋を台に置く耀藍の姿に思わず笑みがこぼれて、香織はふと思う。

（夫とは、こういう時間、なかったな……）

　結婚して十八年、いっしょにキッチンに立ったことは一度もない。

　手伝ってほしいと思ったことは、それこそ数えきれないほどあるが。

体調が悪いとき、子どもたちが乳児のとき、学校行事などで忙しくて手が回り切らなかったとき……。

そのときどきで、手伝ってほしい、とやんわり伝えてきたけれど、「外で働いている俺を家でもコキ使うのか！　家事はおまえの仕事だろう！」と一喝されて終わりだった。以来「わたしが我慢すればいい」と香織も夫にキッチンのことを頼まなくなり。どんなに高熱でも唐揚げを作り、足元をちょろちょろする智樹《ともき》をぬいぐるみであやしつつ結衣《ゆい》をおぶって炒め物を作り、運動会のあとのヘロヘロに疲れた体でカレーを作った。

誰も助けてはくれない。

キッチンは戦場。一人でがむしゃらに立つものと思ってきた。

そうやってがむしゃらにやってきたことを、この前までの自分は悲観的に見ていた。

でも、前世のあのつらい日々で得たものが確かにあることに、転生して気付いた。

夫と一緒にキッチンに立つことはもうできないけれど、前世のおかげで今はこうして満たされた時間が持てる。料理が楽しい、好きだ、という気持ちをもう一度思い出すことができる。

人生というのはどこで何が幸いするかわからないものだ。

「おおっ、つやつやしているな！」

土鍋の蓋を取った瞬間、歓声が上がる。

「はい。これを、こうしてまぜて……で、手に塩、中に具、ぎゅっと閉じて、こうやって形を整えていくんです」

「おおっ、まるで魔術を見ているようだぞ！　香織はすごいな！　オレにもやらせてくれ！」

「ダメです」

「なに？　よいではないか」

「お米、お弁当の分と、朝の分しか炊いてないんで。失敗したら、お弁当か朝の食べる分が減っちゃいますよ？」

香織がそう言うと耀藍はしぶしぶあきらめたが、相変わらず香織の隣にぴったりはりついてじいっと香織の手元を見ている。

（な、なんかあんまり見られると……恥ずかしいな）

香織は恥ずかしさをまぎらわせようと、口を開く。

「おにぎりって、働く人が食べやすいようにできてるんです。手で食べられて、おかずも具にできて。だから羊剛さんに持っていってあげようかなって思って。付け合わせは卵焼きだけですけど、おにぎりを大きくすれば、羊剛さんもお腹いっぱいになるかな、って」

すると、耀藍が神妙な顔で言う。

「むう、そうなのか。オレは働いてないが、昨日の夜から香織のおにぎりが食べたくてしかたないのだが……いいんだろうか」

香織は思わず笑った。

「いいですよ、べつに。たくさん食べてください」

「うむ。多めに作ってくれ。米はまた持ってくる」

「う、また蔡家《さいけ》から……いつもすみません」

「気にするな。オレが食べたいから持ってくるのだ。それより、おにぎりを頼むぞ。んん？　なにやら鍋が噴いているがよいのか？」

「わわ、よくありませんっ。耀藍さまっ、これ洗っててくださいっ」

香織は食堂用のスープの鍋をかきまぜながら、耀藍に籠ごと青菜を渡したのだが。

「……ていうか、耀藍様？」

「なんだ？」

「何をなさっているのですか？」

盥《たらい》に溜めた水の上を、青菜の葉先がそろり、そろりと泳ぐように左右している。

「え？　青菜を洗っているのだ。香織が洗えと言ったのではないか」

「……それは洗ってるとはいいませんっ。水をなでているだけじゃないですか！」

「失礼な！　ちゃんと洗ってるぞ」

「……ぜんぜん泥が落ちてないのは気のせいですか？」

「う、だ、だってだな。あまり力を入れると、葉が切れそうではないか」

耀藍は、まるで子犬を洗うように、そうっとやんわり青菜を持っている。

「はあ……それじゃ落ちるものも落ちません。ほら、貸してください」

香織は耀藍の手から青菜を受け取って、根をしっかり握って葉先を盥の中でじゃぶじゃぶと泳がせる。

「こうやってまず葉先の泥を落として、それから」

今度は葉先をしっかり持って、盥の中で根の泥を丁寧に落とす。

「ね？　こうやれば葉が切れないで泥が落ちますから」

「おお！　ほんとうだな！　盥の中に泥がたくさん落ちている！　すごいな、香織は！」

（ふふ、可愛い）

耀藍の目は子どものようにキラキラしている。野菜を洗うだけでそこまで感動するとは、と思ったが。

（そうだった、この人、貴族なんだった……）

前世と同じ感覚でいるとただの超絶イケメンにしか見えないが、耀藍はこの世界の貴族なのだ。家事労働などしたことがないだろう。

(きっと自分の顔とか身体も、大きくなるまで洗ったことがないのかも……)

前世のぼんやりした知識によれば、貴族とは大勢の使用人にかしずかれて、お風呂やトイレも一人では行かないらしい。

「……って、まさか今もですか?!」

「ん? なにがだ?」

「あっ、いえ、なんでもないです」

思わず心の声がダダ漏れになってしまった。

(そう、耀藍様はわたしとは住む世界がちがう)

耀藍は気さくなので忘れそうになるが、彼はもうすぐ王の側近になる貴族なのだ。下町で庶民と交流していることの方が珍しい。

そう思ったとき、雷光のような衝撃が脳裏に走った。

(王の側近になったら、こういう時間がなくなるってこと……?)

遠い存在になるとは予想していた。だから好きになってはいけないと思っていた。たまにでもいい、一緒に食卓を囲める関係を続けられたら。それで満足しなくてはと自分に言い聞かせて。しかし、王の側近と庶民という関係性を改めて考えると――一緒に食卓を囲む時間など考えられないのでは?

「香織！　また噴いてるぞ、鍋！」

「え？　きゃあああ！」

香織はあわてて蓋をはずし、火を加減する。少し焦げた匂いが広がった。

「だいじょうぶか？　具合でも悪いのか？」

「い、いえっ。なんでもないですっ」

心配そうにのぞきこむアクアマリンの瞳から、思わず目を逸らす。

（耀藍様が、王城に行ってしまったら……一緒に食卓を囲むこともなくなるの……？）

――そのために、自分の気持ちを抑えているのに。

（耀藍様と、会えなくなるかもしれないなんて）

今は考えたくない。この穏やかな日々が、楽しい食卓がずっと続くと思いたい。

そんな泡沫《うたかた》の想いを守りたくて、香織は浮かんだ不安を心の奥底へと沈めた。


（下巻に続く）

＜初出＞
本書は、2023年から2024年にカクヨムで実施された「第9回カクヨムWeb小説コンテスト」で特別賞（プロ作家部門）を受賞した『異世界おそうざい食堂へようこそ!』を加筆・修正したものです。

メディアワークス文庫

転生厨師《てんせいちゅうし》の彩食記《さいしょくき》 上《じょう》

異世界《いせかい》おそうざい食堂《しょくどう》へようこそ！

桂《かつら》 真琴《まこと》

2024年11月25日　初版発行

発行者　山下直久
発行　株式会社KADOKAWA
〒102－8177　東京都千代田区富士見2－13－3
0570-002-301（ナビダイヤル）
装丁者　渡辺宏一（有限会社ニイナナニイゴオ）
印刷　株式会社暁印刷
製本　株式会社暁印刷

●お問い合わせ
https://www.kadokawa.co.jp/（「お問い合わせ」へお進みください）
※内容によっては、お答えできない場合があります。
※サポートは日本国内のみとさせていただきます。
※Japanese text only

※定価はカバーに表示してあります。

Printed in Japan
ISBN978-4-04-916005-5 C0193

メディアワークス文庫　https://mwbunko.com/

本書に対するご意見、ご感想をお寄せください。

あて先
〒102-8177　東京都千代田区富士見2-13-3
メディアワークス文庫編集部
「桂 真琴先生」係